LA GAIETÉ

Justine Lévy est l'auteur du *Rendez-Vous* (Plon, 1995) et, chez Stock, de *Rien de grave* (2004) et de *Mauvaise Fille* (2009).

Paru dans Le Livre de Poche :

MAUVAISE FILLE

RIEN DE GRAVE

JUSTINE LÉVY

La Gaieté

ROMAN

STOCK

ISBN : 978-2-253-08724-3 – 1re publication LGF

1

C'est quand je suis tombée enceinte que j'ai décidé d'arrêter d'être triste, définitivement, et par tous les moyens. On se connaissait depuis quoi ? trois, quatre jours ? et Pablo m'a dit qu'il voulait un enfant, un chien, une maison et une bière bien fraîche, là, maintenant, tout de suite. Je lui ai servi la bière, j'en avais plusieurs packs d'avance pour maman, mais pas au frigo, maman précisait toujours pas trop fraîche s'il te plaît, avec un petit sourire qui voulait dire c'est comme ça que je l'aime, moi, la bière, pas trop fraîche, comme si c'était une affaire de goût, alors qu'en fait elle ne pouvait plus supporter le froid, à cause de ses dents toutes pourries.

Pablo a siroté sa bière tiède, mais il ne me lâchait pas du regard, il attendait la suite, il attendait que je lui sorte le chien, l'enfant et la maison, hop, comme le lapin du chapeau, comme si tout était simple, comme si on pouvait passer du flirt à l'amour en une seconde, comme si on pouvait le choisir, le décider, qu'il suffisait d'en avoir envie. Moi à cette époque je ne savais plus de quoi j'avais envie, l'envie était partie, elle m'avait quittée avec la confiance, l'appétit, la gaieté. Ses yeux larges et clairs posés sur moi, Pablo attendait tranquillement que je réponde, que je me décide, la maison, l'enfant, le chien, l'amour aussi, bien sûr, il attendait l'amour, ça allait avec la maison l'enfant et le chien.

C'était il y a dix ans. C'est loin, dix ans. J'ai guéri. Il m'a guérie. On n'en meurt pas forcément, de ces chagrins-là. Parfois je me dis que ça n'a même pas laissé de trace, pas de cicatrice, pas de marque, rien, régénération, renouvellement des cellules, le cœur tout neuf, comme avant. Ce n'est pas tout à fait vrai, bien sûr. Pablo a fait du bon boulot, on ne voit pas les coutures, mais je sais bien reconnaître, moi, les premiers signes de l'effondrement : cette sensation bizarre, comme si je tombais, mais à l'intérieur de moi, quand je tombe, justement, par hasard, sur le visage de l'autre ; et cette colère assourdie, presque rassurante, mais toujours là, gravée en moi.

Et puis cette autre peur très ancienne qui s'est fossilisée et qui se réanime quand je pense à l'avenir, aux chagrins amoureux, aux chagrins tout court de mes enfants, de nos enfants, une peur d'avance, la peur par anticipation des salauds qui leur feront du mal comme lui m'a fait du mal à moi. Il faut qu'ils soient forts, nos enfants, je suis contente de les découvrir plus solides que moi, moins sentimentaux, moins mélancoliques, je suis contente, en fait, qu'ils ne me ressemblent pas. À leur naissance, j'étais soulagée qu'Angèle et Paul soient des photocopies de Pablo, les sourcils comme deux anses qui remontent leurs yeux vers les tempes, la bouche bien pleine, le profil doux et sans angles, je savais qu'ils étaient mes enfants, pas de doute possible, on les avait retirés de mon ventre et on me les avait posés sur le sein sans tour de passe-passe, sans histoire de bébés échangés comme ça arrive, il paraît, assez souvent, dans les cliniques, j'avais des témoins, des preuves, j'avais tous les documents et photos possibles et imaginables, mais voilà, j'étais soulagée de ne pas retrouver en eux mes défauts caricaturés, grossis, insupportables, c'était de bon augure pour la suite, ça voulait peut-être dire qu'il n'y a pas de fatalité, que je n'avais pas transmis non plus le reste, ma fragilité, mon manque d'assurance, et toute la quantité de folie qu'il y a dans la famille.

Donc là, il y a dix ans, on venait de se rencontrer, je m'approchais de l'âge où, si vous n'avez pas de projet d'enfant, les gens trouvent ça louche, ou triste, ou les deux, mais moi je n'avais pas de projet du tout, pas d'ambition, pas de désirs, donc des projets d'enfant, me faites pas rigoler, et Pablo me regardait, et j'ai eu envie de pleurer comme quand, à l'école, je ne comprenais pas la question posée ou quand papa m'expliquait un problème de mathématiques et mon intelligence se bloquait, et ma tête se fermait, et je me mettais à sangloter. Je ne voulais pas que Pablo me voie dans cet état, il y a des filles à qui ça va très bien, petit nez rougi, yeux liquides, minois de chaton apeuré, moi je suis une épouvante quand je pleure, des vaisseaux qui éclatent dans le blanc des yeux, le nez en chou-fleur, les lentilles qui tombent, des hoquets, des suées, des plaques rouges sur les joues, un désastre, une flaque.

Quoi ? il a dit, et ce n'était pas vraiment une question, c'était presque un reproche. Quoi, qu'est-ce que tu me dis ? J'ai pris une grande inspiration et je lui ai expliqué à toute allure et sans le regarder que je me trouvais autocentrée, bipolaire, tripolaire, quadripolaire, irascible, irresponsable, que j'étais insomniaque, que je fumais trois paquets de cigarettes par jour et deux ou trois pétards le soir en plus du Xanax et des antidépresseurs, alors si j'étais un jour d'accord avec l'idée bizarre de me reproduire, il faudrait qu'il amène direct le bébé à la Ddass. Okay okay, il a répondu. Mais j'ai bien vu, au regard en coin qu'il me lançait, qu'il ne lâchait pas l'affaire et qu'il gardait l'idée en réserve, pour plus tard. Je ne savais pas encore que plus tard, pour Pablo, ça voulait dire dare-dare, parce que la vie est urgente, parce que la vie c'est l'urgence et que Pablo est l'urgence incarnée, vite, vite, il est toujours en mouvement, même dans son bain, même en dormant, il se lève tôt le matin, toujours en forme, toujours une idée en tête, voyager, travailler, organiser des fêtes, des manifs, des contre-manifs, lire tous les livres, voir tous les films, écouter tous les disques, maintenant, tout de suite, après ce sera trop tard, la relève est déjà là, qui trépigne, qui piaffe, allez, allez, on n'a pas le temps de prendre notre temps, prendre son temps c'est le perdre, allez, go ! go ! c'est bizarre qu'il m'ait choisie, moi si flemmarde, si peureuse, si pleureuse, mais j'aime quand il fait la danse du scalp dans le salon, quand il rit au téléphone, heavy metal en fond sonore, radio branchée, télé allumée sur les infos, ne rien louper, ne rien laisser échapper, et moi qui suis là, minérale, immobile, pesante, il ne me le reproche pas, mais parfois je ferme les yeux, j'ai un peu le tournis de le voir s'agiter, en surchauffe, ses idées qui se bousculent, ses projets qui se télescopent, s'entassent, se contredisent, se multiplient, écrire un film, deux films, trois films, un documentaire, une pièce, un opéra, faire la révolution, le tour du monde, fonder un parti politique, ouvrir une école pour enfants dyspraxiques, un bar, un cirque, un restaurant à Lisbonne, un théâtre et maintenant, donc, faire un enfant.

Parfois je me sens écrasée, asphyxiée, je ne

peux plus suivre alors je m'énerve et je dis eh on se calme. Oh t'es pas drôle, il me répond. Et je le prends mal, je me vexe, et je boude. Mais si t'es drôle, mon cœur, il se reprend, pardon, pardonne-moi, t'es très drôle, hahaha, regarde, je ris, regarde comme je ris ! Et moi je souris pour le rassurer mais je me sens en plomb, lestée, crevée, c'est pas à lui que j'en veux c'est à moi, c'est vrai que je suis pas drôle, j'ai pas toujours été comme ça, mais ça devient de pire en pire, je ne veux plus que de la routine, j'aime quand il ne m'arrive rien, absolument et délicieusement rien, si maman me voyait je lui ferais honte, et je ferais honte à ses copines féministes des Éditions des femmes qui se sont tellement battues mais voilà, c'est comme ça, je n'aime pas être libre, pour aimer être libre il faut du désir, de l'ambition, le goût des actes et du risque, et moi j'ai peur de mes désirs et je n'ai aucune ambition, je veux que ce soit Pablo qui décide de tout, je veux lui donner mes pensées, lui déléguer mes goûts et mes tentations, je veux me laisser porter, et puis d'accord désobéir, me rebeller, râler, ça oui, je veux bien râler, mais surtout pas aller où bon me semble, j'aurais trop peur d'aller n'importe où et que tout recommence.

Je veux bien être une base, un refuge, et l'attendre, et bouquiner, et tout se dire, et s'embrasser tout le temps, et rester comme ça jusqu'à la fin du monde, le temps nous oublierait, il n'y aurait que le présent, immobile et tiède, il me raconterait les bourrasques dehors, là où les gens s'agitent, font des moulinets, des projets, des maisons, des enfants, et ça nous suffirait.

2

Alors, je ne pensais pas que ça pouvait un jour nous arriver, mais il y a neuf ans je suis tombée enceinte d'Angèle, et je suis allée le lui annoncer. Il a ouvert et refermé la bouche, plusieurs fois, puis il a écarté les bras et les a resserrés autour de moi, et j'ai réalisé que ça voulait dire qu'on allait rester ensemble ce soir, et demain, et le jour d'après, et les autres encore, et ça m'a fait peur et plaisir, plaisir et peur, oh là là, et en même temps j'ai senti quelque chose qui s'ouvrait à l'intérieur de moi, quelque chose de rabougri qui s'animait, qui grandissait et se déployait et qui m'a donné envie de rire, ça alors, un rire idiot, un rire léger, et Pablo s'est mis à rire aussi et ses yeux brillaient comme deux soleils dans la nuit. Et puis mon ventre a grossi, et puis je me suis dit voilà, je suis comme les autres, sur la même piste, les mêmes rails, parce que c'est bien ça que font les femmes, non ? avoir des enfants, former un couple, fonder une famille, j'ai hésité entre beurk et super, entre rire et pleurer, pile ? face ? et c'est là que j'ai pris la décision d'arrêter d'être triste. Je n'ai pas pensé bon maintenant je vais être heureuse, on va être heureux tous les deux, tous les trois bientôt, car je sais bien que ça ne veut rien dire, être heureux, est-ce qu'on a déjà vu quelqu'un être heureux plus d'un quart d'heure ? est-ce que maman n'a pas cherché le bonheur en vain en vain en vain toute sa vie ? Elle ne voulait pas un bonheur de pacotille, elle ne voulait pas un bonheur au rabais, un bonheur en attendant mieux ou un bonheur tout confort, non, elle le voulait grand luxe, éclatant, hors normes, elle y croyait, elle y avait droit, elle l'a cherché avec mon père, elle l'a cherché de l'autre côté de la Terre, elle l'a cherché avec ses hors-la-loi, ses parias, elle l'a cherché dans la drogue, toutes les drogues, elle l'a cherché, pas longtemps, du côté d'Antoinette Fouque et de sa secte, elle l'a cherché dans le tort fait à la société, dans le petit banditisme, l'anarchie, les vols de bicyclettes et les vols à main armée, elle l'a cherché avec des hommes chics, avec des voyous de droit commun, avec une femme, elle l'a cherché en elle-même, elle l'a cherché avec moi, pas très longtemps, elle l'a cherché dans l'ennui et dans le travail, elle l'a même cherché dans la maladie quand il n'y avait, de toute façon, plus grand-chose d'autre à faire et à chercher. Quel désastre, le bonheur. Quelle tristesse, de vouloir être heureux. Être joyeux, c'est difficile aussi. Mais c'est poli, c'est gentil, c'est à la portée de n'importe qui, c'est comme mettre une jolie robe, un jean neuf, et puis ça n'empêche pas d'être lucide et de garder les yeux ouverts et de savoir comment tout ça se termine, mais ça aide à le supporter, plus que l'amour je trouve, plus que l'argent, plus que tous ces subterfuges, ces bouées, ces flotteurs. Non, la gaieté, la vraie gaieté, ou peut-être la fausse je ne sais pas, la gaieté qu'on décide, la gaieté comme une résolution, c'est ce qui marche le mieux, c'est comme ma grand-mère chérie qui, sur son lit de mort, le corps comme une plaie, tous les organes bloqués, trouvait encore la force ou le plaisir de plaisanter. C'est drôle comme j'ai su, moi, très tôt, avant de savoir lire, écrire et compter, avant la séparation de mes parents, avant Kuala Lumpur, que c'est la gaieté qui allait tout sauver. J'aime les gens gais, je me colle à eux, je pars en vacances avec eux, je me branche sur eux comme sur une prise de courant, je ne sais pas s'ils ont eu eux aussi un jour l'idée d'arrêter d'être tristes, ni s'ils ont parfois des rechutes de chagrin, un jour je le demanderai, mine de rien, en passant, en blaguant, et si on s'entraînait ensemble ? et si on échangeait nos trucs et nos astuces comme quand on fait de la gym ou un régime ? ou alors peut-être que c'est quelque chose qu'on réussit seul, dans son coin, sans rien dire à personne, avec discipline, méthode, comme quand on arrête de fumer, moi j'ai arrêté pour la naissance d'Angèle et maintenant je mâche des Nicorette toute la journée et toute la nuit, quand je me ravitaille pour la semaine à la pharmacie discount je vois bien que les gens me regardent d'un air soupçonneux, genre elle serait pas dans le trafic, celle-là, mais je m'en fiche, je fais rien de mal, c'est comme les exercices de gaieté, je déjeune et je dîne avec ma Nicorette calée sur une dent de sagesse, j'embrasse Pablo avec ma Nicorette et je suis sûre qu'il croit, à force, que je suis née avec cette haleine-là, tabac et menthe mêlés, je me brosse les dents avec ma Nicorette que je fais passer d'une joue à l'autre, je dors avec ma Nicorette et je me réveille la nuit plusieurs fois pour en prendre une toute neuve et quelquefois j'en retrouve une mâchée collée dans mes cheveux ou sur l'oreiller ou sur le torse de Pablo qui ne trouve vraiment pas ça marrant du tout, j'ai accouché avec ma Nicorette parce que personne ne m'avait demandé de ne pas la garder, quand la sage-femme est venue me chuchoter à l'oreille bravo madame, quel beau bébé, mes cinq cents euros je les préférerais en espèces, j'ai marqué mon étonnement d'une grosse bulle de Nicorette bien claquante, à l'américaine, le seul moment depuis neuf ans où j'ai été obligée de la cracher ç'a été chez le dentiste, j'avais essayé de la rendre discrète, aplatie sur le palais, mais il n'a rien voulu savoir et j'ai dû la lui déposer dans la main et ça m'a fait bizarre d'avoir la bouche vide, un peu comme si j'étais toute nue dans un courant d'air.

Alors dans l'idéal, évidemment, pour arrêter d'être triste, pour accompagner le mouvement, j'aurais préféré m'aider d'une potion magique, d'un médicament miracle, mais tous ceux que je teste, depuis la mode du Prozac il y a vingt ans, ont des résultats dans l'ensemble assez décevants. Ils marchent quelques mois et puis la tristesse s'habitue et trouve une brèche par où elle s'infiltre, et il faut en changer, chaque fois, régulièrement, comme on change de pansement. Le seul effet intéressant du Prozac, par exemple, c'est qu'il m'avait fait maigrir, et à l'adolescence, entre les poussées d'acné, les grosses lunettes, la coupe de Daniel Balavoine, le sentiment d'être une ratée, une tarée, une moins-que-rien et les cauchemars atroces qui me laissaient épuisée à l'heure d'aller au lycée, devenir subitement anorexique m'a procuré de chouettes petites joies discrètes. Ensuite, l'Effexor m'a sans doute sauvé la vie, à l'époque, juste avant Pablo, où j'hésitais entre la défenestration et le meurtre, ou le meurtre et la défenestration, dans cet ordre, à cause d'un grand chagrin, aujourd'hui ce n'est plus du chagrin, c'est une victoire sur moi, c'est une affaire classée, c'est rien, c'est juste comment j'ai pu aimer un garçon qui n'aimait que lui et son reflet. Mais à l'époque, après l'arrêt de l'Effexor, la tristesse est revenue dare-dare, au galop et amplifiée, se matérialisant d'abord dans mon corps, sous la forme de migraines terribles, des sortes de chocs électriques, et de crampes dans les jambes qui m'empêchaient parfois de me lever. Ensuite, sur le conseil de maman qui s'y connaissait bien en chagrin, je suis passée au haschich. C'est plus sournois qu'un antidépresseur, ça fait semblant d'abraser la tristesse et puis ça en révèle d'autres, ça fait apparaître des douleurs bizarres, nouvelles, qui ne vous ressemblent pas et qui vous tombent dessus, c'est malin. J'ai testé des tas et des tas de molécules encore, des qui vous soufflent le visage comme un grain de pop-corn, des qui donnent de la tachycardie, des qui rendent très volubile, mais dans l'ensemble je trouve que c'est le Cymbalta le plus sympa. À part la transpiration et les grincements de dents, il filtre assez bien la tristesse, un peu comme un antivirus sur un ordinateur, protection optimale, rééquilibrage des neurotransmetteurs, pas de perte d'appétit, pas de somnolence, pas d'idées confuses, juste un tamis sur les émotions trop fortes, un amortisseur général. Mais là aussi on s'habitue et un jour patatras, ça n'a plus du tout, du tout marché. Voilà où j'en suis. Alors je laisse une dernière chance à la science, si un super nouveau médicament se présente je n'hésiterai pas, ou pas longtemps, mais en attendant je n'ai pas le choix, arrêter d'être triste MAINTE-

NANT, c'est un impératif, je me suis dit en me concentrant pour essayer de percevoir, déjà, un deuxième cœur battre à l'intérieur de moi, mais il n'y avait que les glouglous de la digestion et les bulles d'air des Nicorette.

Avec un enfant on ne peut plus se permettre d'être triste, un point c'est tout. D'ailleurs j'aurai bientôt plus le temps, plus l'énergie, plus la force. Et puis j'en ai bien fait le tour, de la tristesse, j'ai bien tout compris, je sais qu'elle n'est pas liée au présent, qu'elle n'est pas née non plus avec le grand chagrin d'il y a dix ans, j'ai compris qu'elle vient de beaucoup plus loin, peut-être de Kuala Lumpur, mais qu'est-ce qui s'est passé à Kuala Lumpur ? Je pense souvent à Kuala Lumpur, c'est flou, nébuleux, une lueur brève, un feu lointain, et puis plus rien, c'est comme un mirage, ou un fondu au blanc au cinéma, c'est comme la poussière qu'on a mise sous le tapis et dont on s'est vraiment débarrassé, c'est comme ça qu'on range quand on est très pressé, c'est comme ça que font les enfants qui ferment les yeux et croient qu'on ne les voit plus, ou qui mettent leurs mains sur leurs oreilles et pensent que c'est ça, le silence. Moi j'ai tout oublié. Je ne veux plus savoir plus entendre plus sentir plus me souvenir. Il y a sans doute une part de moi qui est triste à ma place, et qui pleure pour moi, pour toutes les fois où je n'ai pas pleuré, où j'ai serré les dents, il y a sans doute une autre Louise qui est restée à Kuala Lumpur, qui a grandi de son côté, qui a vieilli et qui revient, certaines nuits, me faire un méchant petit coucou, et c'est pour ça que je me réveille avec l'oreiller trempé et des joues de papier-calque où s'est collée une Nicorette, mais c'est pas grave, c'est demi-mal, c'est juste un peu de vieux chagrin qui s'est fait la malle pendant la nuit et qui a traversé les continents pour me rendre sa visite mesquine, c'est pas grave parce que c'est cloisonné. Entre la Louise d'avant et la Louise d'aujourd'hui, entre son double en exil, ou sous hypnose, ou au tombeau, et la maman d'Angèle et Paul si bien équilibrée, entre elles, les deux Louise, et maman, ma pauvre maman chérie avec ses chariots bâchés de drames et de névroses, il y a un mur étanche qui ne laisse plus rien passer, il y a une muraille de Chine, un caisson de Tchernobyl, il y a toujours des radiations mais qui se cognent contre la barrière, se retournent contre elles-mêmes, stoppées, étouffées, c'est fini.

3

Je sais ce que les gens pensent. Les gens pensent que je suis née dans les beaux quartiers, ceux des bons lycées, et puis que je n'ai jamais manqué d'argent donc que je n'ai jamais manqué de rien puisque c'est ça l'essentiel, n'est-ce pas ? Salauds de riches, disait maman qui ne l'était pas, riche, salauds de blindés qui, en plus, ont tout leur temps pour être tristes. Eh bien vous allez voir, moi, comment je vais prendre tout mon temps pour être gaie à crever et emmurer vivante la mauvaise tristesse.

Ouh là là dis donc ! C'est mon père qui va être content ! Ah les vacances ! Le soulagement ! Voilà combien d'années qu'il se prend des suées quand mon numéro s'affiche sur son téléphone, et qu'au lieu de me demander comment ça va il devine je ne sais pas comment, c'est peut-être l'intensité de la sonnerie, un sixième sens, une vibration, que c'est qu'est-ce qui ne va pas qu'il va devoir dire, et il sait aussi que je n'ai absolument aucun sang-froid, aucun courage, que mes accès d'humeur noire me terrifient, alors je l'appelle au secours, allô papa bobo, il n'a pas que ça à faire, personne n'a que ça à faire et lui encore moins que les autres, mais c'est plus fort que moi, c'est lui le Samu, c'est lui les pompiers, il me dit ça va passer ma chérie, et il a raison ça passe toujours, mais si cette fois ça ne passait pas ? Ça va passer je te dis, mon cœur, tu n'as aucune raison d'avoir peur. Mais j'ai peur j'ai très très peur. Bon, j'arrive. Et il arrive. Il peut être au bout du monde mais il a dit j'arrive, donc il arrive, pinponpinpon, il arrive toujours, dans l'heure ou la journée, ça dépend où il était, et c'est vrai que les choses s'arrangent, tout va bien, tout va très bien, lalala, mais alors pourquoi j'ai cette sueur froide qui me coule dans le dos, entre les omoplates, et la tête si lourde, et le sang qui bat si fort dans les tempes, et ce bourdonnement dans les oreilles, faut que je m'allonge, ah mais je suis déjà allongée, allongée avec des mouches devant les yeux et des objets non identifiés qui flottent autour de moi et qui tournent, je vais tomber, est-ce qu'on peut tomber quand on est allongé, j'ai très froid, est-ce qu'il fait froid en plein été, papa regarde j'ai de la buée qui me sort de la bouche, ah mais papa n'est pas encore là, il a dit j'arrive mais il lui faut le temps, à qui est ce visage déformé par la buée, et ce poids dans le ventre, et ce boulet qui m'empêche de me lever ou de bouger pour aller prendre un petit Doliprane, et ces aiguilles qui me transpercent de l'intérieur, et cette douleur qui part de très loin et qui irradie jusqu'aux ongles, quel jour on est, quelle heure il est, faut que j'aille au travail, et que je fasse une machine de linge, et que je retrouve mon agenda, et que je mette un peu de poussière sous le tapis, et que je prenne une douche, mais j'ai déjà les cheveux mouillés, trempés et qui collent à mon front, et ça tourne, et ça tourne, et ça n'arrête pas de tourner, il a dit j'arrive, est-ce qu'il est là ? est-ce qu'on a sonné ? papa c'est toi ? maman ? il y a quelqu'un ? j'ai du mal à respirer, il n'y a pas beaucoup d'air, ou alors l'air ne passe plus très bien, j'ai un truc dans la gorge qui fait barrage, où sont mes cigarettes, mes Nicorette, est-ce que quelqu'un peut ouvrir la fenêtre, respirer à ma place s'il vous plaît, me relayer, est-ce que je peux faire une pause de respiration, il faut, je dois, j'essaie de fixer un point, d'avoir une seule pensée à la fois, mais non, pas possible, des images bizarres affluent de tous les côtés, comme dans Tetris quand on a presque perdu et que tout s'accélère, un morceau de maman, un morceau de papa, des morceaux de gens que je ne connais pas et qui rient, leurs bouches déformées qui remontent et s'emboîtent dans de gros sourcils touffus, et des voix inconnues qui s'enroulent autour de moi comme un essaim de mouches, secouer la tête pour disperser ces images et ces voix, ces amorces d'images et ces fantômes de voix, faire diversion, chanter, faire comme si c'était ma grand-mère qui me berçait, *On l'appelait nez rouge, Ah comme il était mignon, Avec son petit nez rouge, Rouge comme un lumignon*, et la suite ? je ne peux plus chanter la suite, j'ai la langue collée au palais, et ce boum boum boum boum dans la tête à faire éclater les murs, envie de me frapper la tête pour en faire sortir les boum boum et les mauvaises pensées, allez, allez, sortez, tirez-vous, se calmer, respirer par le ventre, je me calme tu te calmes elle se calme nous nous calmons, fermer les yeux, me boucher les oreilles, imaginer que je plonge dans une eau tiède, que je suis l'eau tiède et que je m'endors, si je dors tout s'arrêtera et je me réveillerai fraîche comme la rosée d'un joli mois de mai, mais tam-tams, tambours, trompettes à contretemps et puis tout à coup ça s'éteint, pouf, tout seul, une chiffe, une loque, plus de surchauffe, plus d'idées qui se télescopent, plus de voix, plus d'images, plus de doigts qui tremblent, rien, plus rien, il ne reste qu'une tristesse sans objet qui s'est diluée dans la tête, les jambes, la gorge, les mains, et me voilà plaquée sur mon lit, sans larmes, sans désirs, sans pensées, une tristesse de morte, une tristesse qui ne fait même plus mal, et puis, au bout de quelques jours, la tristesse s'en va complètement, et c'est une immense fatigue qui la remplace, et c'est un soulagement, une bénédiction, un repos, dormir, bâiller tout le temps, plein d'air dans les poumons et dans la tête et dans le ventre, il ne reste qu'un creux à l'intérieur, un néant, un arrachement comme quand maman partait, ou quand c'est moi qui la quittais, comme si c'était moi qui l'avais portée et qu'elle était partie de moi, c'est si bizarre un vide qui pèse si lourd.

4

Quand je suis tombée enceinte d'Angèle, je me suis dit c'est plus possible, j'arrive encore à cacher ces crises affreuses à Pablo, je m'enferme dans la salle de bains en prétextant des fumigations ou une séance d'épilation, j'attends qu'il quitte l'appartement, je lui envoie un texto pour lui dire que j'ai un rendez-vous de boulot en province et je vais me planquer à l'hôtel en bas, au début ils ont eu un mouvement de panique, à la réception, en me voyant arriver avec mes yeux injectés de sang, mon visage marbré, ma morve au nez et mes tremblements, encore une droguée ils ont dû se dire, maintenant ils ont l'habitude, ils connaissent mes cheveux dans la figure, mon nez enflé, mes grands cernes, ils ne disent rien, me laissent passer, ils me regardent à peine et me filent la chambre mansardée qu'ils ne louent qu'aux couples de passage. Mais quand le gynéco m'a dit pour Angèle, là, non, non et non, je me suis dit, cette fois c'est plus possible, mon futur enfant doit grandir au calme, dans la sérénité et le bon cocon pension complète et sans vis-à-vis de mon ventre-hôtel-restaurant. Je n'ai pas pensé je vais passer mon permis de conduire pour l'amener au Louvre et au palais de la Découverte, je vais devenir un peu ambitieuse pour que plus tard elle soit fière de moi, je vais arrêter de traverser hors des clous, de tester tous les nouveaux médicaments, d'en avoir rien à foutre de rien, non, ce n'est pas ça, le plus urgent pour mes futurs enfants c'est de n'être plus triste et d'apprendre à être gaie, voilà ce que j'ai pensé.

Même quand maman est morte, je me suis interdit d'être triste. J'étais enceinte d'Angèle et la décision était prise, irrévocable, sans appel, non absolu à la tristesse, *nein*, *raus*, *verboten*, oui en effet j'ai pris allemand première langue au collège, c'était une décision de papa qui allait contre l'avis de maman pour qui, avant d'être la langue des meilleures classes et des meilleurs profs, l'allemand était d'abord celle des nazis, du coup j'ai fait sept ans d'allemand pour ne pas désobéir à papa mais j'ai eu quatre au bac pour faire plaisir à maman, papamaman, mamanpapa, voilà comment on rate sa vie, à vouloir toujours ménager papamaman, maintenant je ne ménage plus personne, je fais ce qui me plaît et j'ai choisi de ne pas être triste à la mort de maman parce qu'il n'y a pas de petite ou de grande tristesse, de tristesse autorisée et de tristesse buissonnière, c'est comme quand on arrête la cigarette, il ne faut plus y toucher du tout, ça doit être radical, voilà.

J'avais compris, pourtant, le dernier jour, que ce serait son dernier jour. Je l'avais compris dans ses yeux, ils avaient un voile, ils ne voyaient plus, ils ne parlaient plus, maman avait les yeux les plus bavards du monde, ils racontaient, ils commentaient, ils s'indignaient ou ils se réjouissaient tout le temps, mais là ils ne disaient plus rien, ils ne servaient plus à rien, et moi je savais que j'aurais dû ressentir une immense tristesse et aussi sans doute une sorte de libération, c'est ça qui aurait été normal, mais je ne voulais plus être normale et j'ai décidé d'être une pierre, une forteresse, de contenir la tristesse et de tenir le plus longtemps possible, on verra bien quand je serai très vieille même si, à mon avis, quand on est très vieux, on est à peu près réconcilié avec l'idée de la mort, on l'a apprivoisée et plus rien ne vous semble vraiment grave, et plus rien ne vous fait vraiment peur, moi quand je serai vieille j'en aurai plus rien à foutre de rien et j'aurai tout le temps de m'écouter être triste, et puis si j'ai pas le temps ou si le temps m'a rendue aussi sereine que mes trois chats qui ronronnent toute la journée au-dessus du frigo eh bien tant pis, ou tant mieux, de toute façon c'est bon, je connais, la tristesse, c'est pas non plus comme si c'était une super-expérience à renouveler régulièrement, tiens je me ferais bien un chouette petit bain de tristesse pour mieux apprécier les bonnes choses de la vie, non, quand on y a goûté et qu'on en a été dégoûté on peut très bien s'en passer, merci.

Quand Angèle est née, les premières semaines ont été difficiles au niveau de la tristesse car dans tous mes nouveaux gestes de mère, la mienne, de mère, s'interposait, et ses pas dans mes pas, et sa voix dans ma voix, comme un bégaiement, ou un hoquet, et l'écho assourdi d'une tendresse très ancienne en surimpression de ma tendresse, comme si je ne voulais pas la lâcher ou qu'elle ne voulait pas partir. Alors j'ai trafiqué une ordonnance, encore un geste de maman, et j'ai supplié ma copine Valou venue me rendre visite à la clinique d'aller me chercher du Xanax fissa. Maman ne prenait pas de Xanax. Elle était plus héroïne, ou opium. Mais moi je n'ai eu que du Xanax, alors j'ai laissé fondre un cachet sous ma langue, et hop, le Xanax a dissous maman. Les années ont passé. Elle vient encore de temps en temps, bien sûr. Mais, dans l'ensemble, ça va, je suis sur la bonne lancée de la non-tristesse, et puis les enfants ont dépassé l'âge que j'avais quand maman a choisi de renoncer à essayer d'être une mère, quand elle a décidé qu'elle n'y arriverait pas, que c'était trop dur, trop lourd, trop pas pour elle, pas faite pour ça, comme si quelqu'un était fait pour ça, devenir parent, aimer quelqu'un plus que soi-même, renoncer au droit à son gentil malheur, au confort de la mélancolie et des grasses matinées. Mais je ne lui en veux pas, non, comment je pourrais lui en vouloir, c'est elle qui s'en est chargée, de s'en vouloir. Cette enfant, moi, qu'on ne lui rendra pas ; cette enfant, moi, qui était trop petite de toute façon pour dire non maman ne me laisse pas, mais qui était assez grande, ensuite, pour murmurer non je ne veux pas revenir, pardon pardon mais je suis du côté des autres maintenant, celui de papa, celui de mon frère, celui de ma grand-mère et puis celui, oui, c'est vrai, des méchantes belles-mères, elles sont en colère et elles sont méchantes, et elles ne m'aiment pas et moi non plus je ne les aime pas, mais on peut compter sur elles pour ne pas se saouler la gueule, ne pas se pointer défoncées à l'école, n'être jamais décevantes puisque je n'attends rien d'elles et puis il y a papa que j'attends mais qui est toujours là, lui, même quand il est très loin.

Le petit fantôme de maman apparaît encore de temps en temps, dans mes gestes et dans mes pitreries et mes colères, mais il ne reste jamais longtemps, il ne s'installe pas, il doit avoir d'autres gens à voir, d'autres chats à fouetter. Tout à l'heure, par exemple, j'ai tellement grondé Angèle qu'elle a senti que ce n'était pas tout à fait moi, que quelqu'un en moi avait pris le pouvoir, et elle m'a dit maman, tu n'es plus ma maman. Je m'étais fâchée fort, un peu plus fort ou un peu plus soudainement que d'habitude. Elle et Paul se chamaillaient depuis une heure, ils se lançaient des jouets, s'accrochaient aux poignées de portes, aux rideaux, se poursuivaient dans l'appartement en se tirant les cheveux, se réconciliaient, se baissaient les pantalons de pyjama, se refâchaient. D'habitude je laisse faire, leur surexcitation du vendredi soir ne me dérange pas. Mais là tout à coup j'ai trouvé tout ça insupportable, et j'ai dit stop, mais dans le vide. Alors j'ai crié, en pure perte, puis j'ai rugi, j'ai hurlé plus fort qu'eux, foutez le camp ! barrez-vous ! vous me faites chier ! Paul a filé sans demander son reste, je l'entendais chantonner dans la cuisine, calmé, peut-être même soulagé, je ne sais pas. Angèle s'est mise à genoux, lentement, en état de choc, elle s'est agenouillée à côté de moi qui essayais de retrouver mon calme, assise à mon bureau, tremblante. Je suis fâchée, Angèle, je lui ai dit d'une voix encore méconnaissable. Va dans ta chambre, je ne veux plus te voir, va-t'en. Mais Angèle n'a pas bougé, pas cillé, alors la colère est remontée, et j'ai hurlé encore, à trois centimètres d'elle, les yeux sûrement exorbités, le visage sans doute déformé, effrayant, mais fous-moi le camp d'ici ! Angèle n'a toujours pas bougé, elle me regardait l'œil vide, éteint, même pas implorant, même pas apeuré, juste éteint. J'étais tellement énervée, et la colère ne retombait pas, c'est surtout ça qui était bizarre, et j'étais encore plus en colère d'être toujours en colère, je me disais il faut que je sois un peu seule, il y a quelque chose qui ne va pas, il me faut du silence, seule, et comprendre ce qui m'arrive, mais Angèle restait, elle me fixait, elle m'accusait. Je lui ai répété va-t'en Angèle, d'une voix un peu plus normale cette fois, je me disais autant tenir bon, que ça lui serve de leçon, et puis je devais me préparer pour sortir, et mon énervement ne partait pas. Elle s'est mise à racler quelque chose sur le parquet avec l'ongle du pouce. Je passais et repassais devant elle en faisant mine de l'ignorer et de temps en temps je lui jetais un regard noir, qu'elle soutenait bravement, levant vers moi son petit visage incrédule, dans ses yeux je lisais pourquoi maman ? pourquoi ? mais je ne voulais pas fléchir, pas si vite, et il n'était même pas question de vouloir, il y avait quelqu'un en moi qui avait pris le pouvoir sur moi, j'avais le cœur qui battait à cent à l'heure, je cherchais un T-shirt que je ne trouvais pas, elle murmurait des trucs au sujet d'une lame de parquet et je lui répondais ça ne m'intéresse pas, Angèle, et c'était toujours la voix de quelqu'un d'autre, et les paroles de quelqu'un d'autre, et une dureté qui n'était pas non plus la mienne et qui me donnait, à moi aussi, une terrible envie de pleurer.

Je voulais tellement lui dire tout va bien mon bébé, ma petite fille chérie, je suis là, je t'aime grand comme un ciel dans le ciel. Mais je suis allée dans la salle de bains, je me suis mis du rouge à lèvres, comme ma mère, bordeaux, lie-de-vin, haha, et quand j'en suis ressortie Angèle était encore par terre, mais c'était déjà l'heure de partir, de donner les consignes à la nounou et j'ai donné mes consignes sans la prendre dans mes bras et lui dire mon ange je t'aime. Alors, elle a levé les yeux vers moi, des yeux brillants de larmes et de colère, et elle a fait une chose folle, et elle a dit une chose que j'ai reçue comme un coup, pire qu'un coup, elle m'a dit maman, tu n'es plus ma maman. J'aurais préféré qu'elle se rue sur moi et qu'elle me tape, qu'elle me griffe, qu'elle hurle, qu'elle se roule par terre, mais non. Ce sont ces mots-là qu'elle a dits. Moi aussi j'ai dit des mots terribles à ma mère. Et même des mots pires que terribles. Et je me souviens qu'à moi aussi ça avait fait un mal de chien. D'ailleurs, voilà Angèle qui sanglote, elle doit se demander ce qui se passe, elle doit ne plus rien reconnaître, ni moi, ni elle, rien n'est pareil, l'ordre des choses est totalement atomisé, explosé. J'ai des larmes plein les yeux mais qui ne coulent pas, elles refluent vers l'intérieur, dans la gorge, le nez, peux plus parler, plus respirer, de l'air, ouvrez la fenêtre, la porte, réveillez-moi, réveillez-nous, mais c'est un cauchemar que je connais par cœur, alors j'ai repris ma respiration, j'ai ravalé mes larmes, j'ai soulevé ma fille avec une force que je ne me connaissais pas non plus et je l'ai serrée contre moi, violemment, à lui faire mal, à nous faire mal, viens ma chérie, viens, bien sûr que si je suis ta maman, qu'est-ce que tu crois, j'étais très très fâchée, pourtant tu n'as pas fait une grosse bêtise, mais c'est tellement énervant d'être obligée de crier pour se faire entendre, tu comprends ? Et ç'a été comme une gifle à l'envers, ça a tout remis en place, elle la fille, moi la mère, la fille dans les bras de la mère, mais la mère aussi dans les bras de la fille et dans ses propres bras de mère chavirée, nos souffles et nos fantômes, sa petite respiration heurtée et la mienne à bout de forces, son petit pouls, c'est ça que maman aurait dû faire le jour où je lui ai balancé tu es une mère indigne, je te déteste. Mais non. Elle avait préféré encaisser, faire le dos rond, moi je voulais qu'elle me fasse taire, j'attendais qu'elle remette la vie dans le bon sens, j'avais onze ans, il était encore temps, mais non, mes jugements d'enfant, mes reproches, elle devait les trouver justes, et je devais lui faire un peu peur, maman n'avait peur de personne au monde mais de moi oui elle avait peur, et puis elle n'avait pas assez confiance en elle, trop désarmée, trop vulnérable, elle se sentait trop fautive aussi peut-être, et ce câlin qu'elle ne m'a pas fait je le rattrape maintenant, c'est un double, non, un quadruple câlin, pour les filles et pour les mères, un câlin au carré.

Comment je vais faire, je me demande. Pour

qu'Angèle m'aime un peu moins. Qu'elle soit plus détachée, qu'elle ne soit pas ce petit animal blessé quand maman revient en moi et que je me mets bêtement en colère. Je ne lui donne pas un très bon exemple de détachement, c'est sûr. Au début, quand elle est née, je conduisais la poussette courbée en deux, ne regardant qu'elle, même quand on traversait, on aurait pu se faire renverser, mais c'était comme ça, je n'arrivais pas à me détacher d'elle, j'avais l'impression de ne jamais arriver au bout de son petit visage, toujours quelque chose m'échappait, je me répétais ma fille, ma fille, ma fille, je regardais ses traits délicats, sa mine grave, sa beauté qui était un peu celle de maman, sa beauté qui avait transité par moi sans m'atteindre, cachée en moi bien à l'abri comme un secret parce qu'elle l'attendait, elle, ma fille, pour ressurgir.

Quand je portais Paul contre moi dans le Babybjörn, c'était pareil, j'avais tout le temps la tête penchée vers lui, vers le mystère de ses yeux bleus, un bleu volé au jour, ou à Pablo, ou à maman, ou à la mer de l'île d'Houat sous le soleil d'avril, comment voit-on le monde avec des yeux si clairs ? Est-ce que tout est plus beau ? plus bleu ? Et puis, un jour où je le portais dans mes bras, à force de ne pas regarder où je mettais les pieds j'ai trébuché et je me suis sentie tomber, et je nous ai sentis tomber, et tandis que je nous voyais déjà par terre, au milieu du passage clouté avec le feu qui passait au vert, hurlements, crissements de freins, passants qui se précipitent, pour un sale type qui cogne une vieille dame personne ne bouge jamais, mais pour un enfant tout le monde rapplique, c'est sacré les enfants, c'est la dernière religion du monde, madame faut-il appeler une ambulance un médecin les pompiers, mais j'ai réussi *in extremis*, d'un mouvement bizarre et que je ne saurais pas reproduire, une torsion du bassin, ou du dos, ou des épaules, ou les trois je ne sais pas, à retrouver l'équilibre et à nous remettre d'aplomb sans tomber. Dans le pare-brise de la première voiture qui avait freiné pile devant nous, j'ai vu mon reflet tout blanc, d'une blancheur d'hôpital, j'ai vu mes cheveux de folle, mes vêtements en désordre, mon air de fille sortie de l'asile et qui a volé l'enfant d'une autre. Paul ne s'était rendu compte de rien, il avait fermé ses yeux bleus et dormait contre moi, confiant, son petit corps léger et compact, fort, invulnérable, ne doutant ni de moi ni du monde.

Quand j'ai retrouvé mes esprits, on a continué jusqu'à l'ancien Twickenham. On disait le Twick, à l'époque, c'était la seconde maison de papa, et donc ma seconde maison à moi aussi, c'est là qu'il donnait tous ses rendez-vous et il m'emmenait souvent avec lui. Personne n'avait l'air surpris de voir une petite fille de cinq ans escaladant un tabouret du bar pour siroter sa grenadine en feuilletant *Pif Gadget*. Ni quand, le soir, la petite fille s'endormait dans la deuxième salle, au fond, au milieu des vêtements et des livres de son papa et dont il lui faisait un oreiller. Le Twickenham a fermé, il a été remplacé par une boutique de luxe italienne, je passe devant la tête haute et le regard au loin, parce que la nostalgie est l'arme des faibles et que moi, maintenant, avec Angèle et Paul qui comptent sur moi, j'ai décidé d'être une guerrière. Une guerrière aux yeux humides qui vient la nuit, toutes les nuits, plusieurs fois par nuit, surveiller leur sommeil, toucher leurs cheveux, effleurer leurs joues rebondies, leurs fossettes sur les mains. Une guerrière niaise qui se pose des questions niaises, comment je vais faire quand ils seront grands, et qu'ils pueront des pieds, et qu'ils me fermeront la porte de leur chambre au nez et qu'ils me vireront de leurs amis Facebook et qu'ils m'excluront de leurs fêtes d'anniversaire, comment je vais faire quand ils auront honte de moi, de la façon dont je m'habille, dont je me maquille, honte de me voir danser, honte aussi de ma manière de parler, honte de mon parfum, de mes Nicorette qui me font zozoter, de mes livres, de ma timidité, honte d'être mes enfants, honte d'avoir cette mère-là sur le dos, je sais que ce jour arrivera et je m'y prépare et je m'en attriste déjà, mais c'est pas encore ça le pire, le pire c'est quand on sera des presque étrangers, que je ne saurai plus rien de leurs vies et de leurs nouveaux sentiments et de leurs fiancés et fiancées, et qu'ils se débrouilleront sans moi avec des existences dont je n'ai même pas idée, je sais bien que c'est pour ça qu'on élève des enfants, pour qu'ils puissent un jour se passer de vous, mais comment je vais me passer d'eux, moi, je ne m'intéresse à rien d'autre qu'à eux, je les laisse me dévorer, me bouffer mon temps ma tête mon énergie mes rêves, tout, il ne me reste rien, à peine de quoi embrasser Pablo, à peine de quoi travailler, mal, en pensant à eux tout le temps, à leurs progrès, à leur croissance, à leurs petites maladies dont je me fais des montagnes, à leurs minuscules soucis dont j'essaie de ne pas faire de drames, à leur scolarité, à leurs amis, je suis abonnée à tous les blogs de déco de chambres d'enfants, de cuisine pour enfants, de sorties pour enfants, d'ateliers, de discussion, de pédopsychologie, de pédagogie, de mode pour enfants, je lis tout, je suis tout, quand j'arrive dans une gare ou un aéroport je cherche tout de suite la boutique où je vais pouvoir leur acheter un cadeau, chez le marchand de journaux je m'extasie devant toutes les parutions qui pourraient les concerner, *Famili*, *PsychoEnfants*, *Parents*, *MilK*, *Picoti* et *Toupie*, *Toboggan* et *La Pelote de Polochon*, *Wakou*, *Wapiti*, *Julie, Petites Mains*, quand il m'arrive d'aller à une fête ou à un dîner sans eux, je ne m'anime qu'en présence d'autres mamans, l'érythème fessier les couches lavables la Ritaline les jeux vidéo le dernier Miyazaki les concerts de Pakita la supplémentation en vitamine D le Rased le retour de la coqueluche les animations d'anniversaire la pré-pré-préadolescence le menu de la cantine les nouveaux rythmes scolaires les tétines en silicone les meilleures lotions antipoux, c'est le paradis, c'est mon paradis, je ne sais plus rien de la politique, des livres qui paraissent, des films, des projets de Pablo, de l'autre vie, la leur, c'est comme un jeûne, une ascèse puéricultrice, c'est comme si j'avais été opérée de ma vie d'avant, je ne sais pas si ça reviendra, je ne sais même pas si je le souhaite, j'adore cette nouvelle vie de mère de famille un peu débile mais résignée, les jours cousus les uns aux autres par l'habitude et la routine, je me voue tout entière à mes enfants, je les tiens fort dans mes bras, je les tiens fort par la main, et bien sûr qu'eux aussi me tiennent et qu'ils m'empêchent de tomber, de vriller, bien sûr qu'eux aussi me rassurent, me comblent, me protègent et me procurent cette joie bizarre, assez proche de la tristesse peut-être, parce que je vois bien que ce n'est plus seulement de l'amour, ça, au fond, c'est de l'anéantissement.

5

Parfois, quand Pablo n'est pas là, quand il part sur un de ses projets et qu'il m'appelle dix fois par jour et que je ne réponds pas parce que je déteste le téléphone et que je ne pense pas qu'il remplace la présence, je vois venir le week-end, je vois arriver le grand vide du samedi et le grand vide du dimanche et comment être sûre que la tristesse ne va pas profiter de tous ces grands vides pour revenir ? Ce serait pas mal que les enfants aient une maman de rechange, au cas où. Ah oui, c'est peut-être à ça que ça sert, une grand-mère. Eh bien ils en ont une, une seule, puisque l'autre n'est plus qu'une photo dans mon sac, et un cercueil dans la terre, ils en ont une, c'est la maman de Pablo, elle est fantastique, et très gaie, elle est la maman de rechange parfaite, sauf qu'elle n'est pas disponible tout le temps, elle a d'autres petits-enfants, elle a une vie, elle, et puis je suis tellement *control freak* que je ne lui laisse, de toute façon, pas beaucoup de place, c'est tout juste si elle a le droit, de temps en temps, d'amener Angèle au square, celui à côté de la maison, tout près, je sais qu'en cas d'angoisse, et en courant très vite, j'y serai en deux minutes vingt-cinq secondes, j'ai calculé, et puis j'ai besoin des magasins, de l'école et des obligations, j'ai besoin, quand ils sont à l'école ou à la crèche, de courir leur acheter plein de bêtises, je peux les regarder jouer pendant des heures et les photographier et les filmer et tirer des plans sur la comète, et mesurer mentalement leur QI, et me demander si Angèle n'est pas dyspraxique, et Paul sociopathe, j'ai découvert ça sur un site Internet, l'histoire de ces enfants apparemment normaux mais qui n'ont pas de sentiments à eux, ils copient juste ceux des autres enfants et des adultes, c'est grave docteur ? oui, c'est très grave, c'est comme la maladie des os de verre, la maladie de l'homme de pierre, la paralysie supranucléaire progressive, l'anémie falciforme, la maladie des enfants de la Lune et le rétinoblastome, le syndrome de Gilles de la Tourette, le syndrome d'Aicardi qui touche essentiellement les filles, la maladie de von Hippel-Lindau qui touche plutôt les garçons, c'est fou ce qu'il y a comme maladies rares, quand j'étais petite je croyais que les maladies orphelines étaient celles qui touchaient les orphelins, mais non, personne n'est à l'abri, et peut-être que c'est quand on s'en occupe trop, qu'on les choie trop, qu'on ne leur laisse pas faire un pas tranquille, qu'ils sont le plus vulnérables, c'est ça qui tourne quand je les regarde jouer, alors quand ils me demandent de participer je suis bloquée, totalement tétanisée, je n'ai que des visions d'horreur et des noms de maladies dans la tête.

Il y a des gens qui pensent que ça fait mûrir, d'avoir des enfants, moi je trouve que ça vous met surtout face à votre propre enfance, tiens prends ça dans la gueule, je me revois, petite, ne sachant pas vraiment jouer, ne sachant jamais comment faire pour prendre la vie moins au sérieux, j'adorais les camions de jouets que mon père me rapportait de ses voyages, ça avait l'air de lui faire tellement plaisir que ça me faisait plaisir aussi, mais ce que j'aimais surtout c'était rester au contact des adultes, m'imprégner d'eux, les écouter, somnoler, ne jamais m'endormir tout à fait, m'accrocher au jour au cas où leur viendrait l'envie subite de me quitter pendant la nuit, être toujours prête à les suivre, ne jamais être seule, donc pas tellement jouer. À qui ça fait plaisir ces montagnes de cadeaux que j'offre à nos enfants ? À moi, bien sûr. Je voudrais les couvrir de joie mais je ne sais les couvrir que de jouets, ce qui, j'en conviens, n'est pas tout à fait la même chose, et eux n'en peuvent plus, ils croulent, ils sont harassés, quelle lourdeur cette mère qui veut tout le temps se racheter, mais se racheter de quoi, parfois ils ne déballent même pas les paquets, ils se forcent un peu maintenant qu'ils sont grands, ils s'obligent à faire semblant d'être ravis, pour me voir contente, c'est le cadeau qu'ils me font en remerciement de mon cadeau, mais je ne les vois pas jouer avec ces collections de Lego et ces maisons Playmobil même pas construites qui s'entassent et prennent la poussière, je hais la poussière, ça me donne l'impression que l'appart est en train de mourir et nous avec lui, je veux tellement qu'ils ne manquent de rien, mes enfants, que c'est le manque qui leur manque, comme tous les enfants ils aiment ce que je ne leur offre pas, ils fouillent mes poches et mes tiroirs, ils jouent avec mon scotch et mes trombones, alors je leur achète tout le scotch et tous les trombones qui existent, des géants des multicolores des aimantés, des à double ou triple spirale, des qu'on ne trouve qu'en Amérique et que je commande sur Amazon, et quand ils sont submergés de trombones et de scotch, quand ils ont tous les modèles possibles, ils s'entichent de vieilles clefs, de cailloux rapportés de Marsangy, de capsules de Coca. C'est drôle, maman ne m'achetait pas de jouets mais me filait ses capsules de bière que je grattais pendant des heures parce qu'elle m'avait raconté que sous la pellicule qui les recouvre étaient parfois cachés des trésors. Et puis j'invite leurs amis, plein d'enfants qui savent jouer et qui vont casser, déranger, piétiner, salir, se cacher, renverser leur chocolat chaud, s'asperger d'Orangina, se disputer comme des chiffonniers, et après, quel délice ! viendra le moment du bon ménage, du bon rangement qui vide la tête et occupe bien comme il faut, chouette, voilà la petite Rose qui s'en est prise à ma bibliothèque et jette un à un tous mes livres sur le sol, je vais pouvoir tout reclasser, ça va être délicieux, ce sera un dimanche soir bien chargé, pas une seconde pour penser à Pablo qui n'est pas là et est-ce qu'il va revenir, est-ce qu'il ne va pas rencontrer une fille plus belle, plus marrante, plus cool, eh non ! pas le temps ! ranger, ça au moins c'est à ma portée, merci les enfants.

6

Une fois je me suis laissé entraîner à une fête, l'anniversaire de la petite-fille d'un type important dans l'industrie de l'art, ou du cinéma, ou de la télé, je n'ai pas compris, et ce jour-là comme les autres je n'ai aucune, mais alors aucune envie de faire des mondanités et d'être obligée de bien me tenir et d'être charmante et spirituelle et tout ça, mais c'est le week-end, il pleut, c'est providentiel d'avoir quelque chose à faire dans le désert du dimanche, je hais le dimanche, je le conchie et je l'insulte, moi, le dimanche et ses boulevards vides et ses écoles fermées et le désespoir de tous ces vivants qui errent dans les allées des cimetières, et ma tristesse qui se faufile dans les interstices de ma gaieté surjouée, allez, ouais, ouais, allons à cette fête, youpi.

Après quelques essayages de tenues festives qui me mettent au bord des larmes tellement je trouve que rien ne me va, sur moi les vêtements chics font déguisement, et les quotidiens ont l'air miteux, je décide de m'habiller exactement comme d'habitude mais avec du neuf, de l'amidonné, du qui sent bon l'usine et la cellophane, parce que le froissé, le négligé, l'ourlet à moitié défait, le bouton qui manque ou le poil de chat sont mes ennemis personnels, je les traque, j'ai toujours l'appréhension du détail qui donnerait raison à celle de mes belles-mères qui me coupait les cheveux au bol et prédisait que quoi que je fasse, quoi que je mette, j'aurais toujours l'air d'une souillon. Les enfants ont enfilé ce qu'ils voulaient, gaiement mais sans en faire non plus toute une histoire, Angèle un tutu de danse et Paul une panoplie de zombie, quelle chance, Pablo est dans sa phase sportive, marathons, entraînements, étirements, alors il teste des tissus high-tech censés réguler la transpiration, hydrater la peau, prévenir les courbatures, mesurer la pression sanguine en direct et afficher le nom de son sponsor : il est hors de question qu'il dévie de cette ligne pour le moment, de toute façon dès qu'il arrive quelque part l'air se charge de particules de gaieté et d'enthousiasme, les gens s'animent, viennent lui parler, l'interroger, et moi en général je m'éclipse très vite, je ne veux pas l'embarrasser, qu'il soit obligé de me présenter et qu'après, moi, je sois forcée de faire la conversation.

Alors, aujourd'hui, une fois arrivés à l'anniversaire de la petite-fille du type important dans l'industrie de l'art, ou du cinéma, ou de la télé, j'ai fait comme d'habitude, je lui ai signalé d'un geste hypocrite et de loin que j'ai retrouvé des copines, que tout va bien, qu'il n'a pas besoin de s'occuper de moi. Même si je ne regarde pas les autres hommes, même si je ne vois que Pablo et que tous les autres sont des non-Pablo, il faut bien que je fasse un peu semblant d'être là, de m'intéresser au reste, aux gens, aux conversations, c'est comme ça que le monde marche, il paraît, je ne peux pas être toujours accrochée à lui comme un bout de scotch. Et puis les enfants ont été kidnappés par une Blanche-Neige qui leur a attaché un ballon à l'hélium au poignet et les a entraînés à l'étage, alors je me sens à peu près tranquille et vais me réfugier dans un coin du salon, sur l'accoudoir d'un canapé, ni vu ni connu, mais en prenant, au cas où, un air engageant.

Tout près, une grappe de cinq ou six filles immenses, d'une beauté qui fait presque peur, se parlent en anglais avec un accent russe. Elles ont toutes un bun, la coiffure à la mode cet automne-là, des ballerines, des jeans très serrés et des mini-sacs à main Chanel. L'une d'elles raconte quelque chose en faisant des moulinets avec ses grandes mains et me donne un coup de coude au passage, pardon, je dis, la fille tourne la tête, son regard passe au-dessus de moi, file jusqu'au bout de la pièce, revient sur ses copines :

je suis un grain de sable, de poussière, de couscous, je n'apparais pas sur son radar. Un serveur propose des choses sur un plateau, les filles prennent un air dégoûté, à cause du serveur ou des choses sur le plateau ? Je chope à la volée un verre de je ne sais quoi, zut c'est de l'alcool, zut j'ai envie de tousser, je me retiens mais c'est pire, j'ai les larmes aux yeux, je bois encore, ça éteint la toux, ça éteint tout, tant mieux, je termine le verre, je me sens bien, apaisée, presque alanguie.

J'aperçois Pablo, plus loin, au centre d'un groupe, il a l'air de s'amuser, tant mieux, je me détends encore un peu, autant qu'il est possible sur un accoudoir à côté de très belles filles très dédaigneuses, tiens, elles ont des maris, ou des fiancés, mais ils sont tous beaucoup beaucoup moins beaux qu'elles, c'est marrant, il y en a même un qui est d'une laideur inhabituelle, épais, râblé, le nez en pied de marmite, et puis l'autre, celui qui se goinfre de mignardises, il a les ongles manucurés, comme si ça pouvait rattraper le reste, le teint orange, la mèche plaquée d'une oreille à l'autre pour cacher l'alopécie, et puis ce troisième, avec son visage tout gonflé d'acide hyaluronique, il n'a pas l'air vieux mais il n'a pas l'air vivant non plus, il n'a plus l'air de rien, il n'a même plus vraiment de visage, bon c'est vrai qu'on ne voit plus ses rides, ils doivent tous se sentir tellement puissants de la beauté de leurs femmes, ces types, oh et puis ceux-là, encore plus moches, tiens ils me regardent, on dirait qu'ils m'évaluent, je dois les intriguer, mes vêtements trop neufs qui me donnent l'air plouc ne s'achètent pas dans les magasins qu'ils connaissent, je ne ressemble pas à un mannequin, je n'ai pas l'âge d'une baby-sitter, je n'ai même pas de sac Chanel, qu'est-ce que je fous là avec mon sourire poli ? Et puis je me rends compte que je suis en train de les dévisager et que c'est peut-être juste pour ça qu'ils me regardent, alors je souris encore plus, il n'y a que les très belles femmes qui peuvent se passer de sourire, les autres doivent faire des efforts, sourire comme des dingues, s'arracher la gueule à force de sourire, voilà qu'un des maris rigole en se tapant les cuisses, pourquoi ai-je l'impression que c'est à cause de moi, et voilà, je rougis, je sens que je rougis, je glisse de l'accoudoir dans le canapé, je m'affale, je me tasse, j'essaie de devenir transparente, invisible, je sens de la sueur s'accumuler dans le creux au-dessus de ma lèvre, je devrais aller faire un tour, mais je n'ose pas me lever tout de suite, pas seulement parce que je vais avoir l'air d'un tonneau à côté des mannequins russes, pas seulement parce que j'ai sûrement du rouge à lèvres sur les dents et le nez qui luit comme les granny smith dans les épiceries ouvertes la nuit, mais surtout parce que je me sens bizarre, flottante, j'aurais jamais dû boire d'alcool, je suis à jeun, enfin je crois, je ne sais plus, mais ce qui est sûr c'est que je vais tituber, trébucher, renverser des trucs, faudrait que les maris russes arrêtent de me regarder, faudrait que je me rassemble et que je me lance, j'ai un énorme sac pas Chanel plein de Nicorette et d'articles de puériculture, j'ai des boots, un jean, encore heureux que je ne sois pas en jupe, ou en talons, ou en blanc, ou en maillot de bain, ou toute nue comme dans les cauchemars qu'on fait quand on est enfant, allez, allez, ça y est, je suis debout, c'est pas si difficile finalement, un pas, un autre, les bras le long du corps, afficher un demi-sourire blasé, ça y est, ou insolent, ça doit ressembler à une grimace mais ça y est aussi, oh là là il y a quand même beaucoup d'obstacles dans cette pièce, tout un réseau compliqué d'enfants, de gens assis, debout, bougeant, dansant, riant, il y a des meubles, des ballons, des chiens, des cris, des sourires, des barbes, des coudes, des silhouettes molles, aiguës, tendues, souples, des profils, des haleines, des parfums, des messes basses, mais où sont les enfants, où est Pablo, comment je vais faire pour les retrouver, tout est flou, personne ne fait attention à moi, tout va bien, tout va bien, sauf que je ne vois plus les enfants, ni Pablo. Un peu de champagne, mademoiselle ? Foutue pour foutue je prends la coupe, je la siffle d'un trait et je continue d'avancer, je me sens un peu moins raide, j'ai même une timide envie de rire qui part du ventre, qui grandit, qui chatouille la gorge et qui sort, zut, toute seule, au moment précis où je passe devant une femme, assise, qui caresse tristement son chihuahua comme un lot de consolation.

J'ai faim. J'ai pas souvent faim, mais là, j'ai rudement faim. Je m'approche d'une longue table vernie sur laquelle sont posées des choses délicates, compliquées, peut-être des plats pour Russes, ou des trucs de traiteurs chics, où sont les enfants, je veux les voir, j'ai peur tout à coup, mais je prends d'abord une fleur aux pétales laqués, oh c'est un sushi, ça plaira sûrement à Pablo, mais où est Pablo, où est-ce qu'il est passé, non, non, je suis pas jalouse, je veux juste lui donner mon sushi, c'est pas parce qu'il y a tout plein de très belles filles partout, je ne me sens pas menacée par n'importe qui n'importe quand, moi, j'ai appris à les repérer, les tordues, les qui font copines mais qui convoitent votre territoire, les qui ont très envie de vous marcher dessus pour vous piquer votre mec, ça tient à rien, une manière de replacer une mèche, de baisser la voix, de pencher le visage sur le côté en parlant, il y a des signes, je sais les lire, mais là je sais aussi que c'est pas d'actualité, je suis tranquille, je goûte un autre sushi, et puis un autre, et puis encore un autre, ça change de ma salade niçoise habituelle, et puis dis donc ça donne soif, vodka vodka vodka, je ne vois pas de bouteille d'eau, où est passé le serveur ? allez, tant pis, une autre vodka, ah je repère enfin Pablo au milieu d'un groupe, ouh là là, mais c'est qui cette fille avec le bouton du chemisier ouvert, qui fait voir exprès son sein quand elle se penche, c'est moi ou elle est en train de parler à Pablo de très, très près et très penchée ?

Un type me met d'autorité un nouveau verre dans la main, l'entrechoque avec le sien, et me susurre à l'oreille un truc en russe que je ne comprends pas mais qui les fait éclater de rire, lui et le copain qui vient de se coller à lui. La fille, là-bas, touche le bras de Pablo, à l'endroit du biceps, puis rit en rejetant la tête en arrière et en faisant éclater un deuxième bouton du chemisier, non mais elle est dingue ? Je repousse le Russe collant qui veut maintenant m'apprendre l'hymne national soviétique et je me rapproche de Pablo avec une démarche que j'essaie de rendre chaloupée, mais je me prends les pieds dans une sorte de samovar posé par terre et je tombe en avant et me rattrape au sweat de Pablo qui se retourne et qui dit, levant son verre, voix un peu solennelle, ah mon cœur, je te présente Daria, elle est arrivée soixante-dixième au marathon de New York, Daria, voici Louise, ma femme. Daria retrousse les lèvres et découvre une dentition absolument impeccable, moi je n'ose pas sourire parce que j'ai l'impression d'avoir des petits morceaux de sushi collés aux dents, je passe mon bras autour de la taille de Pablo, en propriétaire, elle penche la tête sur le côté, rit à nouveau, un rire de gorge, éraillé, sexy, je devrais m'en foutre, m'en moquer, mais je n'y arrive pas, je sens en elle quelque chose de poisseux, de torve, Pablo m'embrasse, ça va chérie ? tu as goûté la vodka ? Ça va ça va, je marmonne en regardant Daria et ses gros seins qui ballottent exprès sous son chemisier transparent, et puis j'entends des pleurs venus de l'étage, c'est Paul, je reconnais les pleurs de Paul, j'y vais, propose Pablo, non non c'est moi, je réponds, je fonce, je bouscule tout le monde, je grimpe quatre à quatre l'escalier, je repousse Panpan, Simplet et Grincheux qui me proposent de la barbe à papa et je retrouve Paul, furax, un ballon éclaté à la main, mais c'est rien mon chéri, on est dans la maison des ballons, ici ! Je me tourne vers un mini-Dark Vador qui nous nargue en agitant cinq magnifiques ballons à l'hélium, j'hésite et finalement j'en vole un, accroché à une poignée de porte, le visage de Paul s'éclaire, il renifle, prend le ballon, refuse de m'embrasser et file en criant à l'attaque.

Du haut de l'escalier j'aperçois Pablo en discussion avec un grand type sur patins à roulettes, Pablo s'intéresse à tout, donc aussi aux patins à roulettes, mais revoilà la fille, elle se met sur la pointe des pieds, elle se cambre, le type aux patins à roulettes se penche pour lui allumer sa cigarette, la fille tend le visage vers la flamme et pose sa main manucurée sur la nuque de Pablo, pour garder l'équilibre, genre, et c'est là que boum ça explose. Quelque chose qui éclate dans ma tête et une colère bizarre qui m'envahit, une colère qui est le contraire de moi, si effacée, si timide, si enfoncée dans mon accoudoir, si excusez-moi d'être là, mais une colère qui, pourtant, à l'instant où elle explose, me paraît curieusement évidente, étrangement familière, logée au fond de moi, attendant le bon moment pour sortir, ce n'est peut-être pas précisément le bon moment, je ne sais pas, mais tant pis, c'est comme ça, je n'ai pas d'autre choix que de redescendre l'escalier, d'aller droit sur la conasse, et bim, d'enfoncer d'un coup sec mon majeur et mon index dans son joli nez, et bam de la soulever, à la force des doigts, comme Gérard Depardieu le fait à Pierre Richard dans je ne sais plus quel film de Francis Veber.

Tu arrêtes tout de suite, je siffle entre mes dents. Tu ne lui parles pas, tu ne l'approches pas, pigé ? Je lâche, ça a duré une minute, moins d'une minute, quelques secondes, un mince filet de sang et de morve lui coule sur le menton qu'elle essuie du plat de la main en reniflant et en me regardant, terrifiée, et prise d'une mini-convulsion. Je tremble moi aussi, j'ai les jambes molles, je vais vomir, je vais tomber, je regarde Pablo, son air baba, presque plus effaré que la fille, se demandant s'il a bien vu ce qu'il a vu, si c'est lui qui est saoul ou moi, et puis le type aux patins, bouche bée, bras ballants, limite que fait la police qu'on nous vire cette dingue cette forcenée, personne à part eux deux n'a rien vu, les gens dansent, chantent, mangent, c'est allé trop vite, moi-même j'ai peine à y croire, j'aimerais partir, me cacher, me désintégrer, m'accrocher au premier rire qui passe, je fais un pas, un deuxième, mais voilà que mes jambes me lâchent, et c'est moi qui m'effondre aux pieds de la fille au chemisier déboutonné et maintenant taché de morve.

Je sens des bras autour de moi, je suis emportée dans une salle de bains, je veux demander pardon à Pablo, à la conasse, au type aux patins, j'essaie de dire je suis tellement désolée, je sais pas ce qui m'a pris, j'ai honte, mais au lieu de ça je sors juste un hoquet, grotesque, puis un renvoi, infect. Pablo me regarde, essuie quelque chose sur ma joue, peut-être un morceau dégoûtant de sushi, il rit, il me dit avec les yeux très brillants mais t'es une Gitane en fait. J'ai rudement envie de pleurer mais ça doit être bien d'être une Gitane, c'est sûrement un compliment, j'ai toujours eu tant de mal avec les compliments, mercipardonmerci, où sont les enfants, j'espère que les enfants n'ont rien vu, on sort de la salle de bains, je repère la conasse accroupie dans un coin du salon, en train d'agiter frénétiquement son téléphone, elle doit jouer à Candy Crush, paraît que ça détend je devrais peut-être m'y mettre, je n'arrive pas à croiser son regard, je n'existe toujours pas, je suis toujours un grain de couscous, elle est trop forte, elle reste la plus forte, et puis quelqu'un éteint les lumières.

On entend aaaaaah, une dame en robe du soir lamée fait son apparition, elle porte un gâteau en forme de datcha surmonté de trois bougies, tout le monde se met à chanter *happy birthday* très faux à l'unisson, même la conasse a rangé son téléphone et joint timidement sa voix au concert, même mes enfants, ils ont joué des coudes pour se placer devant le gâteau, et Pablo aussi, et sa voix me ferait presque rire si je n'étais encore sous le coup de cette folie qui s'est emparée de moi, la seule qui ne rit pas c'est la petite fille dont c'est l'anniversaire, elle ne veut pas souffler ses bougies, elle pleure à chaudes larmes, elle a l'air complètement désespérée, Angèle et Paul crient moi ! moi ! mais c'est la maman, une grande blonde tout en volants et en tulle, qui les souffle gracieusement à leur place, ça fait comme des petits baisers, elle finit par une révérence, regardez comme je suis mignonne, regardez comme je souffle bien, les gens applaudissent poliment, tout est très chic et parfumé, et puis un type fend la foule en rugissant, baisse son pantalon et s'assied en plein milieu du gâteau. Quelques secondes de silence, les gens ne savent pas si ça fait partie de la fête, ils hésitent entre applaudir, protester, être juste glacés d'effroi, mais c'est le serveur qui décide, il se jette sur le type, le ceinture, le type ne se débat d'ailleurs pas, il a l'air tout à fait calmé, il laisse le serveur le hisser sur ses épaules, son cul nu et plein de crème à hauteur de nez des convives, on le sort comme on aurait dû me sortir après mon coup de sang tout à l'heure, je me sens mal à nouveau, et coupable, mais quelqu'un choisit un morceau de musique slave et tout le monde se met à sauter dans tous les sens, sauf Pablo qui croise les bras, s'assied sur ses talons et jette ses jambes à droite et à gauche en grimaçant, un cercle se forme autour de lui, un nouveau serveur, ou alors c'est le même mais l'homme au cul nu l'a barbouillé de crème et il a été obligé de se changer et maintenant il est tout en cuir stretch Jean-Claude Jitrois, me fait signe de le suivre à l'écart et me susurre un petit filet mignon de porc, mademoiselle ? Merci, je réponds sur le même ton, mais je prendrais bien une coupe de champagne, en principe je bois jamais, mais là j'ai besoin d'un remontant, c'est pas comme ça qu'on dit dans les westerns ? Il me regarde d'un air peiné et je siffle le verre d'un trait.

Je me dis bon, qu'est-ce que je pourrais faire maintenant, incapable de danser la cosaque, pas faim, je ne connais personne et personne ne fait plus attention à moi, je pourrais aller demander pardon à la fille mais même pour ça elle me calculerait pas, j'entends au loin les voix d'Angèle et Paul reprendre *Thriller* en yaourt, je sais que pour eux tout va bien, c'est un chouette dimanche, et puis je reconnais vaguement une autre fille, pas revue depuis des années, elle faisait un stage en même temps que moi dans une agence de voyages où avait travaillé maman trois semaines avant de se faire virer et un jour je l'avais surprise aux toilettes, elle avait oublié de mettre le loquet et elle pleurait à gros bouillons, le pantalon aux chevilles, parce que deux autres stagiaires lui chantaient « Tiens voilà du boudin » tous les matins, je la trouvais très sympathique, je suis pas certaine que c'était tellement réciproque mais tant pis, je fonce sur elle, mon père me disait quand j'étais petite que j'avais un léger problème d'accommodation, j'étais soit trop près, soit trop loin des gens, j'avais du mal à évaluer la bonne distance, ça s'est vaguement réglé avec le temps, papa disait ça se réglera tout seul et c'est en effet ce qui s'est plus ou moins passé, sauf que là, dans cet état bizarre où je suis, la tête qui tourne, l'envie de vomir qui ne me quitte plus, la honte, et le reste, le radar s'est à nouveau brouillé, c'est en tout cas ce que je me dis en faisant la bise à la fille qui, elle, n'a l'air ni de me situer ni de savoir ce que je lui veux. Puis, comme elle se dandine d'un pied sur l'autre avec un air embarrassé, je lui chuchote dis donc ça t'arrive toujours, d'être extrêmement déprimée ? Heu, elle répond, en jetant des regards un peu affolés autour d'elle. Parce que moi, ça ne m'arrive plus du tout, tu vois. Ah, elle dit, avec un air de plus en plus terrifié. En tout cas, je continue, tout en me demandant, dans un drôle de processus de dissociation, si je ne ferais pas mieux de la laisser tranquille, d'autant qu'elle a peut-être assisté à la scène, et c'est peut-être ça qui maintenant lui fait peur, en tout cas moi, tu vois, je ne crains plus la tristesse qui vient de l'extérieur, je suis blindée, j'ai de la corne, mais c'est fou ce qui s'est passé, non ? tu as suivi ? non ? Élisabeth, c'est comme ça qu'elle s'appelle, Élisabeth, et ça me fait rire parce que d'habitude je ne me souviens jamais du prénom des gens, même le mien parfois je l'oublie, la semaine dernière j'ai voulu me présenter à quelqu'un et j'ai eu un blanc, je secouais la main qui m'était tendue en regardant défiler devant moi à toute vitesse des prénoms absurdes, j'en ai tiré un au pif, Stacy, bonjour je suis Stacy, Élisabeth, donc, affiche un sourire poli qui se fige sur le mot corne, elle doit avoir la vision de mon cœur tout dur, avec une peau épaisse, jaune, fendillée, elle me dit qu'elle a pas suivi, non, qu'elle sait pas de quoi je parle, et tandis que je reste plantée là, toute raide, ne sachant pas si je dois partir, rester, m'excuser, dire autre chose, elle regarde fixement son téléphone, sans doute pour qu'il sonne, ça y est, ça marche, il se met à sonner, elle dit excuse-moi, elle décroche, puis comme elle s'est placée de trois quarts et commence à parler tout bas, je retourne m'asseoir sur l'accoudoir de tout à l'heure.

Il y a un sac posé dessus, je le pousse légèrement vers sa propriétaire, et puis tout à coup je la vois, et je la reconnais. Elle aussi me voit. Et elle aussi, cette fois, me reconnaît. Je me dis tiens, c'est vrai ce que disent les gens, qu'on se ressemble un peu, et j'ai brusquement envie de m'approcher d'elle, ou d'aller lui parler, mais pour lui dire quoi ? Pablo, à ce moment-là, traverse le salon à grandes enjambées pour venir me souffler en regardant la fille de biais :

— Bon, on devrait y aller, là.

— Pourquoi ?

— Parce que... y a une ex de ton ex qui vient d'arriver, voilà.

— Et... ?

— Et quoi, et quoi, eh ben rien, on va rentrer, c'est tout ! Ne bouge pas, je vais chercher les enfants.

Il me lance un dernier regard méfiant, il doit se demander s'il me reste des réserves de colère, mais non, c'est fini, tout ça est rentré en moi aussi vite que c'en était sorti, il doit bien le sentir, le sentir et être rassuré, mais il court pourtant vers l'escalier.

Le serveur en cuir stretch repasse, je siffle une nouvelle coupe, et puis encore une autre, est-ce que c'est agréable ou pas, j'arrive pas à me décider et je vais me camper devant l'ex de mon ex.

Elle lève sur moi de grands yeux calmes. En fait on ne se ressemble pas tant que ça, elle est plus jolie, plus jeune, elle a un visage large et frais qui fait tout de suite penser à du lait, elle non plus ne s'est pas mise sur son trente et un, on doit être les seules de toute l'assemblée à ne pas être passées chez le coiffeur récemment, elle esquisse quelque chose qui ressemble à un sourire et découvre ses dents, enfantines et jolies, puis elle dit voilà mes garçons. Je cligne des yeux parce qu'un voile gris m'empêche de bien voir et je croise les bras sur ma poitrine parce que mon cœur bat toujours à cent à l'heure. Il y a deux enfants. Un grand de l'âge de Paul que je n'ose pas regarder parce que ça doit être le fils de mon ex, et faut pas réveiller la tristesse qui dort je me dis, et un petit très très mignon qui tend les bras vers moi. Elle sourit plus franchement. Je dois descendre déposer le grand à Adrien, elle dit, c'est pas la peine qu'il monte, ça t'ennuie de me garder le petit deux minutes ? Heu, je bredouille. Et sans attendre ma réponse, elle me cale son bébé dans les bras. Il sent bon, il me regarde fixement, il me sonde, comme font tous les bébés, jusqu'au silence de l'âme, ça m'effraie un peu, je le berce mécaniquement en m'efforçant de ne rien ressentir de particulier, mais je ressens des tas de trucs, c'est un méli-mélo dans ma tête, Adrien bien sûr, ses enfants, un peu de tristesse qui se réveille quand même, mais surtout ma crise de tout à l'heure, ce feu qui a duré une minute même pas et que je ne m'explique toujours pas, cette sortie de route, cette démence, et puis un souvenir qui me revient, pas clair au début, pas clair du tout, mais qui se précise à mesure que je berce le bébé. On dirait un film en noir et blanc, ou un film muet. C'est une maison comme celle du type important dans l'industrie de l'art, ou du cinéma, ou de la télé. Maman est dans le souvenir. C'est la maman très belle de l'époque où elle faisait les couvertures des magazines et où elle ressemblait aux filles de tout à l'heure, belles à faire presque peur, le laser de leurs yeux, leur air dédaigneux. Je suis là moi aussi, toute petite, peut-être trois ans, maximum quatre. Et puis il y a papa, très maigre, les cheveux jusqu'aux épaules, une chemise sans col genre afghane et une fille à côté de lui avec un turban dans les cheveux, des anneaux dorés dans les narines, un maquillage qui lui fait des yeux éberlués et un corsage déboutonné sur les seins. Et je vois maman qui se jette sur elle, lui met deux doigts dans le nez, la soulève de terre, je vois une cohue, des jambes, des gens qui courent, et c'est la fin du souvenir, un grand blanc, c'était pas Depardieu et Pierre Richard, c'était maman, le fantôme de maman, maman comme un petit démon qui avait pris possession de moi, quelle folie.

Pablo déboule, il me demande d'un air effaré :

— Où tu as trouvé ce bébé ?

— Je ne l'ai pas trouvé on me l'a confié, jc réponds, sur la défensive.

Mais Angèle et Paul me tirent par la manche, c'est qui ce bébé montre, montre, et puis je vois l'ex de mon ex qui réapparaît dans un brouillard, je sens le bébé qui tord tout son petit corps vers elle et qui passe de moi à elle. Et puis, comme on reste là, face à face, sans rien dire, clignant des yeux sous les spots, Pablo tousse, se présente, nous offre son sourire pincé, et me tend mon manteau. On s'en va.

C'est vrai que tu es insortable, me dit-il, en ajustant la ceinture de sécurité sur les enfants, tandis que je penche la tête hors de la voiture et que je vomis enfin pour de bon.

7

Parfois le dimanche on voit mon père, Angèle et Paul l'appellent Georges, moi aussi j'appelais mes grands-parents par leur prénom, et alors, qu'est-ce que ça peut faire, il est fou d'eux, ses petits-enfants, quand il prend Angèle sur ses épaules et qu'il se met à galoper sur le boulevard je leur cours après avec Paul et la poussette et je crie papa papa, elle pèse vingt-cinq kilos elle va te casser le dos, mais il entend rien, il galope de plus belle, et il lui tient bien les chevilles, et il saute, et il tournicote, et tout le monde les regarde, et elle pousse des cris stridents, et ils passent en cavalant devant la terrasse du café où je finis par m'asseoir pour les attendre, est-ce qu'il réalise que c'est exactement ce qu'il faisait avec moi, au même endroit, devant le même café, il y a trente et quelques années ? ou est-ce qu'il l'a oublié et qu'il le refait sans s'en rendre compte ?

D'autres fois, c'est moi qui les laisse au café. Je suis un peu inquiète forcément, est-ce qu'Angèle va être sage, se tenir convenablement, pas faire de caprice, et je repars avec Paul dans la poussette, papa l'aurait bien gardé lui aussi, mais je suis intraitable, non non non, Paul est trop petit, trop bébé, incapable de tenir une vraie conversation, il faut attendre encore un an ou deux, c'est trop tôt, je n'ose pas lui dire que je n'ai pas envie qu'il en ait marre et qu'il les renvoie à la maison comme la dernière fois, seuls, en taxi. Eh bien quoi, il avait répliqué, ils prennent jamais de taxi, tes enfants ?

Et puis, j'attends le rapport. Celui de papa d'abord, par texto, ta fille est incroyable, elle est tellement drôle, tellement mignonne, et bavarde, et gaie, et puis tu sais qu'elle a décidé d'être astronaute ? Je sais, je réponds. Mais tu ne sais pas pourquoi ? Non ? Eh bien figure-toi que l'espèce de conasse que vous avez engagée comme baby-sitter lui a expliqué qu'il fallait bien que les gens meurent pour laisser la place aux autres, aux nouveaux arrivants, aux nouveau-nés. Et donc Angèle a décrété qu'elle irait dans l'espace, trouver de nouvelles planètes habitables, pour que personne ne soit obligé de mourir, à commencer par moi, Georges, son grand-père. Est-ce qu'elle n'est pas géniale ? Et incroyable de générosité ? Si, papa, elle l'est. Je n'ose pas lui dire qu'elle ne le sait pas encore, mais elle ne pourra jamais être astronaute, parce qu'elle est dyscalculique, et déjà très myope. Il ne me croirait pas de toute façon, mes enfants sont parfaits, géniaux, qu'est-cc que c'est que cette histoire de dyscalculie, les médecins ne savent rien, et les dyscalculicologues encore moins, et pourquoi je ne les change pas d'école, pourquoi je ne les mets pas à l'École alsacienne ? Parce que, papa. Parce que quoi ? Parce que je ne veux pas, ils vont à l'école de la République, c'est notre choix à Pablo et moi, c'était le tien aussi, papa, toi non plus tu ne m'as jamais inscrite à l'École alsacienne. C'est vrai, c'est vrai mais c'est parce que ta mère en aurait fait une maladie, l'idée de t'imaginer avec tous ces giscardiens, ces gommeux, leurs grimaces, leurs corps handicapés à force d'être bien élevés, on était comme ça, Alice et moi, mais je crois aujourd'hui qu'on était surtout injustes, un peu cons et injustes… Eh bien Pablo et moi aussi on est injustes, on a même le droit d'être un peu cons si on veut, et moi aussi j'en ferais une maladie, qu'est-ce que tu crois ?

Et puis j'attends le retour d'Angèle, elle revient rose de bisous, les bras chargés de sacs de vêtements, des pulls des robes des maillots de bain des vestes qu'elle a choisis avec lui, son grand-père, dans la boutique branchée du coin de sa rue, la même encore que celle où il m'emmenait, moi, quand j'étais ado et que ça avait tant d'importance, fallait que les vêtements soient les mêmes que ceux des copines, la robe-boutonnée-devant de chez Claudie Pierlot, le cardigan à boutons de nacre agnès b., la veste grise que portait la plus belle fille du lycée et qui ne m'allait pas du tout mais que je voulais tellement quand même, c'est la même razzia aujourd'hui qu'autrefois, ce sont, j'imagine, les mêmes vendeuses mi-empressées mi-blasées, c'est la même scène, vingt ans après, rien n'a tellement changé, une fois papa m'avait offert un petit ensemble blanc, mini-jupe et pull chaussette à épaulettes de chez Kookaï, j'avais treize ou quatorze ans, j'étais contente, j'avais le corps fin d'une enfant et des seins minuscules qui tendaient le coton du pull, et j'avais croisé la belle-mère du moment dans l'escalier, elle descendant, air furax, moi remontant, pimpante, et on portait presque la même tenue, je ne sais pas si papa s'en était rendu compte, à mon avis non, il devait pas le savoir, mais au long regard qu'elle m'avait lancé j'avais compris qu'elle tombait mieux sur moi, cette tenue, et que je venais de remporter ma toute première victoire.

Une fois, Angèle est rentrée de sa razzia avec, sur le dos, un manteau en poil de lapin gris ravissant. Elle s'est présentée, triomphante, devant son père et moi. Pablo n'a pas réagi tout de suite. Il m'a laissée m'extasier, palper, commenter, faire des oh et des ah. Il m'a laissée revoir en pensée, les yeux clos, cet autre manteau de la même couleur, mais pâle comme un souvenir, que papa avait dû m'offrir au même âge qu'elle, toujours la même histoire, la même saison qui se répète, le même refrain moqueur. Il a laissé Angèle nous raconter que Georges, quand il était petit, était amoureux de sa prof de piano, et elle ne peut plus raconter la suite parce que c'est trop rigolo, elle s'étouffe de rire, mais c'est pas grave parce que moi je la connais, la suite, puisqu'il me racontait les mêmes choses, à moi, dans les mêmes cafés, quand j'avais l'âge d'Angèle, et ça me faisait rire pareil, est-ce qu'il s'en rend compte, là aussi, est-ce qu'il fait ça pour que le temps ne passe pas ? ou est-ce que le temps ne passe vraiment pas ? donc je sais qu'il pleurait tout le long du cours de piano tellement il se consumait d'amour pour sa prof et tellement il rageait de n'être qu'un enfant, et un jour elle a convoqué ses parents, mes grands-parents, pour leur dire vous savez, votre fils est submergé d'émotion quand il joue Jean-Sébastien Bach, quelle merveille, et Chopin, vous n'imaginez pas quel effet Chopin lui fait, il est pour ainsi dire possédé par Chopin, ah je n'ai jamais eu d'élève aussi sensible à la grande musique. Pablo, lui, ne saura jamais ce qui faisait pleurer son beau-père et ce qui fait rire sa fille, parce qu'il l'a interrompue en se levant brusquement, il a saisi le manteau dans une pince du pouce et de l'index comme une chose dégoûtante et il a dit :

— Angèle, qu'est-ce que tu comptes exactement faire avec ça ?

— Eh ben, le porter !

— Le porter quand ?

— Eh ben, à l'école !

— Écoute-moi bien Angèle, moi vivant, tu ne porteras pas de manteau de fourrure, ni pour aller à l'école, ni pour aller nulle part d'ailleurs.

— Eh ben, je vais faire quoi, alors ?

— Rien. Tu ne vas rien faire, tu vas remercier ton grand-père et tu vas ranger ce manteau et fin de la discussion.

Je n'ai pas osé proposer d'aller échanger le manteau contre autre chose, trente salopettes, vingt paires de baskets, et Angèle n'a pas osé protester non plus, elle a dû sentir qu'on avait atteint une limite, un principe indépassable, une loi. Elle a quand même porté le manteau de fourrure deux fois, à la maison, en douce, par-dessus son pyjama, parce que son père était sorti et moi j'ai fait comme si je ne me rendais compte de rien. Et puis il est devenu trop petit. Même sur le pyjama, elle n'a plus pu le mettre. Mais je n'arrive pas à nous en séparer parce que Angèle y tient comme on tient à un tableau, ou à une relique, ou à une preuve, alors il reste là, puni, bouffé par les mites, pendu à un crochet derrière la porte de sa chambre.

8

Pablo me dit que je suis forte, je n'ai pas encore bien repéré ce qui lui fait dire ça. Lui, je trouve qu'il est solide, un guerrier, un ninja. Mais moi, franchement, il y a des jours où je tiens à peine debout tellement je suis pas forte.

Cela dit, quand l'un des enfants a de la fièvre, ou qu'il tousse, ou qu'il a mal à la tête, faut voir notre belle force et notre bon sang-froid, faut voir comme on se hurle dessus, comme on s'affole, il y en a pas un pour sauver l'autre, mais c'est rien, c'est juste des mots, c'est juste des sons, le bruit de la panique, on crie en cherchant à joindre notre copain urgentiste, mais pourquoi il ne répond pas, on couine en appelant SOS Médecins et on aboie parce qu'ils nous mettent en attente, on bégaie en appelant les pompiers, on gueule, on s'impatiente, mais qu'est-ce qu'ils font, est-ce qu'ils le font exprès ? on sanglote dans la voiture, sur le chemin de l'hôpital, à moitié nus, échevelés, les lunettes embuées, faut voir le spectacle de ces deux parents fortiches pour qui la maladie est un échantillon de la mort et faut voir notre petit malade qui va déjà mieux, qui ne tousse plus, qui n'étouffe plus, qui nous regarde d'un air incrédule, qui trouve ça rigolo tout ce cirque en pleine nuit.

On jure qu'on ne nous y reprendra plus, que maintenant, à force, on s'est détendus, qu'on a tout compris, tout, on jure de ne plus s'affoler pour rien, un bobo un cauchemar un chagrin, mais quand Paul est né ça a recommencé, ou ça a continué pareil, exactement pareil, nos peurs étaient toujours là, elles étaient même plus précises, doublement précises en quelque sorte, toutes nos peurs idiotes qui avaient déjà servi pour Angèle et qui étaient stockées et prêtes à resservir pour Paul.

Je ne savais pas, moi, pour la peur. On m'avait prévenue pour la fatigue mais ça va, la fatigue, je suis contente d'être fatiguée car c'est une fatigue saine, une bonne fatigue, c'est pas la fatigue épaisse de la mélancolie, cette fatigue de maman les jours des règles où elle n'avait envie de rien, ni de sortir, ni de rire, ni de caresser le chat, ni même d'allumer sa cigarette, elle la tenait du bout des doigts, éteinte, s'endormait, se réveillait, pleurait, se rendormait, et passait la journée comme ça, allongée sur son lit, aplatie par cette bizarre fatigue qui ne partait ni avec le repos ni avec le sommeil soi-disant réparateur qui ne réparait rien, qui semblait même tout aggraver, laissant maman encore plus crevée au réveil, bouffie, vaseuse. Je me souviens de ces week-ends passés chez elle, je m'exerçais à dire chez moi, chez maman chez nous chez moi, mais ça restait chez elle, je me souviens de ces week-ends avec maman qui marmonnait excuse-moi mon minou j'ai mes règles alors je vais faire une petite sieste, mais la petite sieste s'étirait jusqu'au dimanche.

Moi, la première fois que je les ai eues, j'ai cru que j'étais en train de faire une descente d'organes. J'étais surinformée sur plein de maladies rares, incollable sur le virus Ebola, très renseignée sur la progéria, imbattable sur la rétinite pigmentaire et puis j'avais vu des dizaines de fois ma mère se mettre des Tampax, mais ça ne me semblait pas plus anormal que les piqûres de soi-disant vitamines dans les gencives ou entre les orteils qu'elle se faisait, la porte ouverte, à califourchon sur les toilettes. Quand elle disait oh là là j'ai mes règles, je pensais que ça voulait dire j'ai ma façon de faire, mes règles, ma discipline, jamais je n'ai pensé qu'un jour ça m'arriverait à moi aussi, ni les piqûres, ni les Tampax à la chaîne, ni les week-ends dans les vapes, non, c'était à elle tout ça, rien qu'à elle, elle était unique, elle avait ses coutumes ses habitudes ses règles, est-ce qu'elle ne disait pas que chacun devait se forger ses propres règles, sa morale à soi, ses principes ? De toute façon je trouvais que je ressemblais à mon père, les yeux, les jambes, la gaieté, la volonté de contrôle et le fond de tristesse, quand je serai grande j'aurai plutôt les règles de papa, je me disais.

Le jour où c'est arrivé, j'étais seule à la maison et j'ai appelé SOS Médecins. J'avais l'habitude. J'appelais SOS à tout bout de champ. Le médecin traversait l'appartement, jetait un œil effaré sur les milliers de livres entassés, prenait le long corridor qui menait jusqu'à ma chambre. En général je savais ce que j'avais, je me laissais ausculter docilement mais j'attendais l'ordonnance, l'antibiotique magique, le spray à la cortisone qui donne la pêche la patate, je remplissais un chèque de papa dont j'avais imité la signature à l'avance, je disais tenez, mon papa n'est pas visible mais il vous a préparé ceci, il vous remercie beaucoup. Mais là, pour la première fois, j'étais très effrayée, en larmes, avec de gros hoquets et du sopalin entre les jambes. C'est arrivé tout seul j'ai bégayé, je ne comprends pas ce que j'ai pu faire de mal, et quand le médecin m'a dit en haussant ses gros sourcils oh ! mais on dirait que les Anglais ont débarqué, j'ai pensé zut, un médecin barjo, c'est bien ma veine, et j'ai mis beaucoup de temps à comprendre.

Donc certains week-ends, maman avait mal au ventre, au dos, aux os et le nez qui coulait, et elle gémissait et elle vomissait dans une bassine à côté du lit, moi je me disais oh là là c'est vraiment nul toutes ces règles, parfois elle prenait des gouttes qu'elle faisait venir de loin, d'Italie je crois, ou peut-être d'Amérique, et qu'elle mélangeait à de l'eau ou du vin et ça lui faisait du bien pendant une heure ou deux, elle était capable de se lever, de partager une soupe Maggi avec moi, de parler, et puis elle retombait dans le coltard. Quand est-ce que j'ai compris que c'étaient ses autres règles, les deuxièmes, les pires, les plus douloureuses, et qu'elle était juste en descente ?

C'est une de mes belles-mères qui m'a mise sur la voie. Elle est pas restée longtemps, celle-là, mais elle a tout de suite compris, d'un coup d'œil, un jour où maman m'attendait dans le café en bas de l'appartement de Montmartre où papa habitait à l'époque. Ta mère est camée, elle a dit, tu sais ce que c'est, camée ? Non ? Eh bien demande-le-lui la prochaine fois. Je ne croyais pas un traître mot, par principe, de ce que me racontaient les belles-mères. Et d'ailleurs je leur mentais sur tout, par instinct, par principe aussi, et par fidélité à maman. Mais c'est vrai qu'un peu plus tard, une succession de signes a fini par former un alphabet, une langue, une phrase, je ne sais pas, la double langue des règles et de la descente, je ne faisais pas la différence, c'était aussi terrible dans les deux cas et c'est à ce moment-là que j'ai compris.

Ces week-ends-là, maman aurait eu besoin

d'aide, mais qui l'aidait, et comment ? Et est-ce qu'on pouvait même faire quelque chose ? On se parlait si peu. On se connaissait si intimement, nos parfums, le bruit de nos pas, nos voix, ce qui nous faisait rire et combien de temps on se faisait la gueule après une dispute, et nos goûts littéraires et même musicaux puisque à l'époque, et avec elle, j'aimais bien la musique : mais est-ce que c'était ça l'important ? Est-ce que j'aurais pas dû plutôt percer le secret de ses règles ? Est-ce que j'aurais pas dû chercher à savoir pourquoi elle était fâchée depuis si longtemps avec sa mère ? Et pourquoi il n'y a que Pablo qui a pleuré à l'enterrement de son père ? Et encore, il a pleuré par principe, par politesse, parce qu'il ne l'avait jamais rencontré, et nous tous, maman, ses frères, leurs enfants que je ne connaissais d'ailleurs pas, moi, la famille, quoi, on a été pris d'un fou rire affreux. Pourquoi ? Est-ce qu'on était tous des monstres ? Ou est-ce qu'il y avait un énorme secret dont personne ne voulait parler et qui nous rendait tous si bizarres ?

Et puis autre chose : pourquoi elle ne gardait rien, maman ? Ni ses chats ni ses amants ni ses travails, c'est comme ça qu'elle disait, elle qui était si lettrée, si vieille France, orthographe parfaite, langue châtiée quand elle voulait, ne disait pas mon minou j'ai été virée de mon job ou j'ai perdu mon boulot, elle disait mon minou j'ai des nouveaux travails, ils me prennent tout mon temps pour pas un rond, je te rappelle demain si les connards des télécoms ne me coupent pas encore la ligne. Elle ne les gardait jamais longtemps, ses nouveaux travails. Ça tournait, ça passait, ça allait à toute vitesse, et pourtant c'était ni bonniche ni pute, ses travails, contrairement à ce que prétendait une de mes belles-mères – et pourquoi pas ? dirait maman. Pourquoi j'aurais pas le droit de faire le ménage si ça me plaît, ou la pute si ça me chante ? En tout cas, non, maman ne gardait ni ses vêtements ni son argent ni ses amants ni moi, ni rien, et je ne sais pas pourquoi elle était si malheureuse, toujours en guerre contre le monde entier, et aussi contre elle-même, et contre ses parents, et contre les nouvelles femmes de papa, et je sais juste qu'une maman malheureuse vous refile toujours un bout de son malheur, sans le faire exprès et sans le savoir, c'est comme ça, le chagrin ne disparaît pas quand il s'en va, il passe d'une personne à l'autre, comme un rhume, un bâillement, une toux ou un fou rire. Mais on n'a jamais parlé de tout ça, on se comprenait sur la musique mais pas sur le chagrin, sur nos parfums mais pas sur cette peine qu'elle m'a refilée, et c'est pour ça que moi j'ai décidé d'arrêter la contagion, pour eux, pour mes enfants, stop, cordon sanitaire, compresse hémostatique, Betadine, Coalgan, Surgicel, j'ai sorti tout l'arsenal et j'ai bloqué la transmission.

Quand j'étais petite, avec papa, c'était interdit

de faire la sieste ou d'être malade, et maintenant aussi d'ailleurs, quand on passe des vacances ou des week-ends avec lui, si quelqu'un se met à avoir mal à la gorge il a intérêt à se planquer ou à guérir fissa, moi ça me met hors de moi, je crie papa je te jure que j'ai de la fièvre, s'il te plaît, laisse-moi avoir tranquillement la grippe un jour ou deux, il me répond tu fais ce que tu veux, Louise, tu es adulte, mais sache que chez nous c'est interdit, alors tu as le droit de transgresser un interdit, hein, bien sûr que tu as le droit, mais sache ce que tu fais et au passage soigne-toi quand même.

C'est marrant, mes enfants ne supportent pas ça non plus, ils deviennent tout bizarres quand leur père ou moi chopons un virus, ils s'affairent autour de nous, reniflent, chouinent, ils ont l'impression qu'on les abandonne, qu'on les désaime, qu'être malade est un acte hostile, un geste de mauvais parents. Parfois je me laisse quand même aller à avoir une chouette angine ou une super-otite. C'est tellement bon de laisser Pablo s'occuper de tout, juste une journée, ou quelques heures : les décisions, les repas, les devoirs, les sorties, les histoires du soir, le linge, les activités, les fâcheries, les rendez-vous, les notes, l'orthophoniste, le dentiste, la lentille que j'ai perdue, la copine qu'il rappelle à ma place, ça fait du bien, pas longtemps mais ça fait drôlement du bien.

Moi, en tout cas, pendant que maman avait

ses règles, et même en temps normal vu qu'elle n'était pas une malade du contrôle, j'avais tous les droits, absolument tous, exactement le contraire de chez moi, je pouvais manger ou ne pas manger, passer des coups de fil anonymes, parler toute seule, chanter, clouer des trucs sur les murs, écrire maman je t'aime avec son rouge à lèvres sur les miroirs, regarder la télé, lire *Lui*, *Playboy*, *Le Journal de Mickey*, l'étiquette de la boîte de raviolis, badigeonner de vernis à ongles la lunette des toilettes et m'allumer des cigarettes, essayer de cuire des mixtures de tout ce que je trouvais dans la cuisine, marcher en traînant les pieds : de temps en temps j'allais vérifier que maman n'avait besoin de rien, sa respiration heurtée, sa transpiration, j'espérais qu'elle allait abolir un jour ses règles absurdes, mais en même temps je préférais encore la voir comme ça, épuisée, cotonneuse, agrippée à son drap, plutôt que ne pas la voir du tout, ou l'attendre, ou m'inquiéter et ne pas la voir revenir, ou la voir boire du vin et ne plus s'arrêter, ou se disputer avec un fiancé jusqu'aux cris et aux coups et blessures et au commissariat. Alors, quand elle était sur OFF, je me disais c'est déjà ça et je m'occupais, j'étais la petite maîtresse des lieux, je rangeais les produits de beauté par ordre alphabétique, je préparais des dessins-surprises que je cachais dans le frigo, je fouillais les sacs à main et je classais les piécettes par couleurs pour qu'elle s'y retrouve mieux.

La plupart du temps, la veille de nos rendez-vous, c'est les poches de papa que je faisais. Avec des ruses de Sioux j'ouvrais les placards, je passais une main tremblante dans toutes les vestes, les manteaux, le pantalon jeté par terre, et je récoltais les pièces, quand j'étais vernie je tombais sur un ou deux billets froissés dont je m'emparais les joues en feu, et j'imaginais en même temps les deux scènes, papa entrant brusquement dans la pièce, et l'éclat de rire de maman quand je dégainerais le billet de cinquante ou cent francs, une fortune, la fête qu'on allait faire, le cinéma, le restaurant, les manèges, le nouveau T-shirt pour moi, un nouveau produit de maquillage pour elle, un foulard, un livre dont elle avait envie ou, mais ça je ne le savais pas, la drôle de poudre blanchâtre qui lui donnait ses règles numéro 2.

Papa ne m'a jamais attrapée. Et moi jusque récemment, jusqu'à ce qu'il m'apprenne ce qui s'était passé avec la nounou partie brusquement, un soir, sans me dire au revoir, pourquoi, qu'est-ce qui lui a pris, il lui a pris qu'elle me volait figure-toi, a répondu papa en me regardant droit dans les yeux, elle me volait et elle t'a accusée, toi, ma Louise ! jusqu'à cette révélation, donc, je n'ai jamais eu vraiment l'impression de commettre une faute, en tout cas pas une faute grave. Prendre de l'argent à papa pour le donner à maman ? La belle affaire ! C'est ce qu'il aurait fait lui-même si maman le lui avait demandé, je ne savais pas que c'était déjà le cas, le système était même très au point, virement de compte à compte, tous les mois, à condition que maman soit clean, qu'il n'y ait pas de poudre blanchâtre dans le paysage et qu'elle garde bien ses travails. Mais je ne le savais pas, non, je pensais que tous les problèmes de maman venaient de leur séparation, et que l'argent était une sorte de consolation, de réparation, et ça me semblait normal de faire le pont entre eux.

Parfois, à la minute où maman était censée appeler et dire c'est bon minou, je t'attends au café en bas, tu descends ? la belle-mère du moment choisissait d'occuper la ligne. Un quart d'heure, une demi-heure, une heure, est-ce qu'elle le faisait exprès ? Est-ce qu'elle entendait à travers la porte comme mon cœur battait fort et est-ce qu'elle prolongeait d'autant plus sa conversation ? Quand la belle-mère du moment raccrochait, il arrivait que maman soit repartie, ou trop saoule pour continuer de m'appeler, alors j'allais sagement remettre le billet ou les pièces dans la poche de papa.

En tout cas, quand j'étais avec elle je veillais bien sur elle. Quand elle se réveillait elle avait froid. Alors, je lui faisais couler un bain brûlant dans la baignoire sabot, avec du Paic citron dedans pour la mousse. Mais elle se rendormait aussitôt, engloutie par ses règles numéro 1 et numéro 2, et c'est moi qui rentrais chez moi la peau décapée et les cheveux crissants. Quand j'avais l'impression d'avoir épuisé tout ce qu'il y avait à faire, quand je ne trouvais plus, ou que je n'avais plus envie, je m'asseyais au bord du lit et j'attendais qu'elle ouvre les yeux.

Mais elle n'avait pas l'air tellement contente de me voir, ça avait même l'air de lui faire peur, elle enfouissait son visage froissé dans les draps et se mettait à gémir puis à pleurer, le poing dans la bouche, maman qu'est-ce qu'il y a ? maman tu as mal ? maman tu crois pas que tu devrais appeler un médecin ? Mais maman ne voulait rien, ou alors juste se rendormir, même si la douleur ne partait pas avec le sommeil, je le voyais à ses yeux qui roulaient sous ses paupières et ses paupières qui se plissaient, et les plis qui lui faisaient des rides de vieille dame et les rides qui guidaient le tracé des larmes et les larmes qui craquelaient sa jolie peau en séchant, ça finissait par la démanger, elle se grattait, elle se griffait comme pour se débarrasser d'un masque ou d'un déguisement, et puis c'était l'heure de rentrer chez papa, ce n'est pas que j'avais hâte ou que j'étais pressée de quitter maman, au contraire, j'avais simplement peur d'être en retard et peur des conséquences de ce retard sur l'ordre quotidien, essentiel, rassurant, voulu par la belle-mère du moment.

Alors il fallait rassembler mes affaires, discipliner ma coiffure et mon allure, remettre mon costume de grande fille sage et commencer à vraiment réveiller maman. Elle grognait, me repoussait, enfouissait de nouveau son visage sous la couverture. Je la tirais par les bras, les jambes, les cheveux. Elle finissait par se lever, chancelante, les joues froissées, les mains glacées, elle s'enfermait longtemps dans la salle de bains et en ressortait à peu près réveillée, mais les yeux bizarres, opaques comme des petits cailloux, on montait dans la deux-chevaux grinçante, les ressorts du siège me rentraient dans le dos, elle retrouvait des couleurs en conduisant, elle s'énervait de me voir regarder ma montre, et moi j'avais envie de lui faire des tas de reproches et des tas de câlins, les deux à la fois, c'était tout mélangé et, à un moment, à un feu rouge, elle me prenait dans ses bras, me serrait fort contre elle, mon minou mon petit minou ma Louise chérie, je sentais son parfum, l'odeur du sommeil et de la cigarette et de la lessive et j'avais drôlement envie de pleurer, mais je ne voulais pas l'effrayer, et puis c'est elle qui pleurait, pour moi, pour elle, pour le week-end d'hibernation qu'on avait passé, et parce qu'on se quittait et qu'on ne savait jamais vraiment quand on allait se revoir, et puis peut-être aussi parce que je lui avais raconté, une fois, par pure méchanceté, pour me venger d'un lapin qu'elle m'avait posé, qu'à « Personne à prévenir en cas d'urgence » sur la fiche de l'école, j'avais mis le nom de la méchante belle-mère, c'est plus simple tu comprends, elle est là tout le temps, elle. Et je sentais la fatigue de maman qui me tombait dessus, une fatigue triste, une fatigue sans raison, une fatigue comme une malédiction qu'elle me laissait en cadeau, en souvenir, en doudou, jusqu'à la prochaine fois. Et puis elle redémarrait, elle ne disait plus rien, parfois elle n'attendait même pas que le feu soit passé au vert, elle avait un sourire étrange, sans joie, elle conduisait par à-coups, des embardées, des coups de frein, c'est peut-être ça qui me donnait mal au cœur, ça et tout ce que j'avais mangé, les litres de soupe lyophilisée, les kilos de Bolino et de conserves.

Parfois me venait l'envie d'ouvrir la portière et de sauter de la voiture en marche. C'était pas vraiment une envie, plutôt une impulsion, un ordre à l'intérieur qui me disait sauve-toi, sauve-toi, quitte-les toutes, maman et les belles-mères, les belles-mères et maman, mais au dernier moment, le visage de mon père apparaissait devant la vitre ou dans le rétroviseur, il apparaissait et je n'avais plus envie de sauter, le monde redevenait normal, les vitres servaient à regarder dehors et les voitures à ramener les enfants chez eux, normal.

9

On arrivait devant la maison, on expédiait les au revoir parce que j'étais en retard, j'essayais de me dépêcher, de monter l'escalier quatre à quatre, mais mon cartable était trop gros, le manteau de fatigue pesait trop lourd et je savais que j'allais être accueillie par la belle-mère du moment avec de l'opéra à fond les ballons, je savais qu'elle allait me cracher deux petits baisers secs, du bout des lèvres, un sur chaque tempe, et qu'elle allait, ensuite, se pincer le nez en faisant toujours la même blague, dis donc elle est plus bonniche, ta mère ? elle travaille dans une plantation de tabac, maintenant ? et ça me mortifiait d'avance, j'ai toujours détesté l'ironie, j'ai toujours trouvé que ça puait la mort, que c'était le cercueil du rire, elle me désignait un tabouret devant la fenêtre grande ouverte et me disait bon, tu ne vas pas t'en tirer comme ça ma petite chérie, c'est pas l'Armée du salut ici, ni une porcherie, tu vas d'abord t'aérer un peu, hein. Et puis elle commençait à soliloquer en marchant de long en large, à grands pas, devant moi, sagement assise dans le courant d'air. J'imagine que t'as fait tous tes devoirs ? et que tu t'es bien nettoyé les oreilles matin et soir ? et que t'étais avec son nouveau mec, ce minable, ce crétin, si, si, j'ai mes informations, un ringard, un parasite, la lie de l'humanité, il gagne quoi, allez, cinq mille francs par mois grand max, bagagiste à Orly, c'est ça, hahaha, laisse-moi rire. Et elle ? elle avait de l'argent, elle ? réponds-moi ! elle avait du fric, ta mère ? hein, avec quoi vous l'avez payé votre week-end de clodos ? Elle voulait tout savoir, ce que j'avais fait et ce que je n'avais pas fait, qui j'avais rencontré et combien maman avait dépensé, certaines phrases étaient inaudibles, peut-être à cause de la musique qui venait de la chambre, et de la dame qui hurlait dans le disque en allemand, ça ne m'aidait pas tellement à me détendre, ou peut-être parce que je me bouchais mentalement les oreilles, ou parce qu'elle me disait des choses si terribles que même à elle ça faisait peur et qu'elle se mettait à parler entre ses dents, à grommeler. Mais, parfois, elle ajustait sa voix, prenait son élan et me lançait distinctement, alors, t'es contente de ce petit week-end avec ta môman ? ça t'a plu ? pourquoi t'es pas restée, dans ce cas ? hein ? qu'est-ce que tu fous là et pourquoi tu reviens nous emmerder ? et pourquoi tu cocottes comme ça ?

c'est quoi ce parfum de traînée ? tu le sais, que si ton père ne lui faisait pas l'aumône de temps en temps, t'aurais plus de nouvelles de ta mère depuis longtemps ? t'en es consciente ? Est-ce que ça s'imprime dans ton crâne de moineau ? Je regardais l'index qu'elle tapotait sur mon front comme l'idiot regarde le doigt et je restais là, docile, mutique, attendant que ça passe, mes yeux me piquaient comme si j'avais reçu des poignées de sable au visage mais je ne pleurais pas, non, je ne voulais pas lui faire ce cadeau-là, je voulais être dure moi aussi, et puis je me disais que ça allait lui passer, et que demain ou peut-être tout à l'heure elle allait devenir plus gentille.

Parfois, ça lui arrivait. Il y avait des moments où lui venait l'envie d'être un peu sympa, ça n'avait rien à voir avec moi, elle était traversée d'un élan de gentillesse comme on est pris d'un éternuement, on marchait toutes les deux dans la rue, elle m'avait sous la main, alors ça la prenait, elle fermait ses doigts sur les miens, c'est-à-dire qu'elle en attrapait un ou deux et les serrait fort, très fort, à me faire mal, comme si elle voulait les tordre, mais ça me semblait presque aussi bien qu'un câlin, presque aussi doux qu'un baiser, ça voulait dire allez, je tiens à toi, je pourrais te pousser du coude ou te tirer par la manche comme d'habitude, mais non, tu vois, je te prends la main, je ne veux pas que tu passes sous la voiture, qu'est-ce que dirait ton père ? il me le pardonnerait pas ! est-ce que tu as compris, d'ailleurs, qu'il ne faut jamais lui répéter ce que je te dis, des fois, sur ta môman ? jamais ! il a trop de soucis pour que tu lui en rajoutes encore ! si tu le lui répètes, gare à toi, j'arrête complètement de m'occuper de toi, tu l'auras cherché, je t'abandonne ! Et moi je serrais ses doigts en retour, je me disais dans le fond c'est parce qu'elle m'aime qu'elle me gronde quand je rentre de chez maman, à quoi ça servirait de gronder quelqu'un qu'on n'aime pas ? Elle m'aime à sa façon, pas très gentille, d'accord, mais elle n'en connaît peut-être pas d'autre, la pauvre, comme ça doit être triste de ne pouvoir aimer qu'en étant méchante, comme je la plains, est-ce que je peux l'aider à mieux aimer, voilà ce que je me disais, et ça me permettait de supporter ces séances de dingues.

Parfois, on croisait une connaissance. Bonjour, bonjour. Dis bonjour, Louise. Non, ce n'est pas ma fille. Et moi, dans ce ce n'est pas ma fille, j'entendais n'allez pas croire, n'allez pas chercher dans ce visage ingrat le moindre signe de ma beauté de déesse, de mes hanches fines, de ma chevelure de lionne rousse, de mon port d'amazone, de mon mètre quatre-vingts. Décroisage des doigts, distance immédiate, écroulement intérieur, tout mon petit roman sur la belle-mère-bourrue-qui-savait-pas-aimermais-c'était-pas-vraiment-sa-faute s'effondrait d'un coup et, vite, très vite, il fallait penser à autre chose, n'importe quoi mais autre chose, faire une autodictée, psychopathe, salmigondis, ventripotente, ou un gâteau au chocolat, ou des baisers à maman, ou réfléchir à Tchernobyl, à la République, à ma copine Yasna qui saigne tout le temps du nez, au mystère des éléphants dans les magasins de porcelaine, ou me dire ouh là là dis donc j'aimerais bien avoir les dents de la chance, paraît que c'est plus facile pour siffler, ou penser au jour où je me suis fait virer exprès du caté où une autre belle-mère m'avait inscrite alors que je ne suis même pas baptisée mais c'est pas grave elle disait, ça pouvait quand même sauver mon âme, ou mon avenir, ou son mercredi matin, on nous avait demandé ce jour-là de partager une chanson de famille avec nos camarades catéchumènes, et j'avais entonné le premier couplet d'un truc que maman chantait à tue-tête dans son bain : *En titubant j'entre chez moi j'avais bu pas mal de vin, Je vois une tête sur l'oreiller qui ne me ressemble pas, Alors je demande à ma petite femme : « Peux-tu m'expliquer ça : Qu'est-ce que c'est que cette tête-là, je ne crois pas que c'est moi ! »* Je pensais aussi aux insultes qu'on s'échangeait, avec mon frère, la nuit, quand la jeune fille au pair nous gardait, et qui nous faisaient tordre de rire, raclure de bidet, vieille truelle à merde, farfadet, bouseux, glandu, crassepouillard, mou du bulbe, et puis je fixais le pavé devant moi, je comptais le nombre de pas jusqu'à la rue suivante. C'est si petit les pieds. C'est drôle qu'on tombe pas plus souvent. Elle a peut-être pas tort, après tout, de dire que je pourrais très bien rouler sous une voiture et que sans elle je me serais fait écraser depuis longtemps. Bref, tout plutôt que l'entendre dire à la copine qu'elle a rencontrée non mais ça t'a quand même pas traversé l'esprit que ce petit rat binoclard pouvait être ma fille !

Arrivée à la maison, je filais dans ma chambre, moquette blanche bien brossée, impeccable, rassurante, je me recroquevillais pour disparaître et me cacher à l'intérieur de moi, très loin, très loin, mais la voix de ma belle-mère du moment ne tardait pas à se faire entendre, et puis elle était là, à la porte, mains sur les hanches, revenant à la charge, infatigable, regarde-moi quand je te parle ! tu n'es rien pour ta mère ! tu n'es rien pour personne ! rien ! eh là, qu'est-ce que tu as, qu'est-ce que tu fais, tu crois que je le vois pas, ton cinéma, tu pensais t'enfermer bien tranquille dans ta chambre de petite souillon pour écrire ton ramassis de conneries dans ton petit journal intime, c'est ça, quoi, t'es pas contente, tu boudes, mais tu peux partir si tu veux, bon débarras, la porte est grande ouverte (elle s'attardait bien sur grande, elle lui triplait le r, grrrande ouverte), et tu peux même ne pas revenir, t'es pas au courant que tu gênes, et que la planète est surpeuplée ? Je ne répondais rien, jamais, par effronterie ou par lâcheté ? Je ne voulais rien lui offrir, ni ma nausée, ni mon insolence, ni ma fragilité, rien de rien, et puis elle me terrifiait, j'avais peur que ma voix tremble, peur de mes larmes, peur de trahir maman, peur d'elle, la belle-mère du moment, peur de faire des histoires et que ça complique la vie de papa. Et puis il y avait aussi le plaisir vicieux de la voir au bord du déraillement, congestionnée de fureur, presque laide. Et puis peut-être qu'une part de moi se disait aussi que c'était mieux que rien cette fureur, c'était quand même de l'attention, c'était mieux que rester toute seule avec la fatigue de maman sur les épaules.

Alors j'essayais de me composer un regard neutre qui remontait doucement vers son regard à elle, rétréci par la colère. Qu'est-ce que c'est que ce regard de veau ? elle lâchait. C'est insupportable, allez, allez, elle faisait un geste de la main qui voulait dire que je devais bouger, pas rester là, dans ma chambre, j'étais trop tranquille, ça l'énervait. Alors je filais dans la salle de bains, humiliée, cassée, et pourtant forte de tout ce que j'avais encaissé, de tout ce que je n'avais pas balancé en retour. Je rêvais, quand papa rentrerait, de lui demander pourquoi il avait choisi une femme si belle et tellement méchante.

Mais non. Ne surtout pas embêter papa, à aucun prix, jamais, c'était mon idée fixe, mon credo, ma religion, ma façon à moi de lui rendre un peu de l'amour qu'il me donnait. Alors, quand il rentrait, quand je sentais, dès l'escalier, comme les chats, l'odeur de ses Dunhill vertes ou, ça dépendait des jours, de ses Peter Stuyvesant rouges, je changeais immédiatement d'avis et décidais de lui parler de Mme Valette, mon institutrice, ses joues rebondies, ses yeux qui sourient même quand elle se fâche, ses bons corsages de laine tricotée qui la sanglent comme une gaine, elle ferait une belle-mère du tonnerre, tu ne veux pas la rencontrer ? Mais même ça je n'en parlais pas. Car il me prenait dans ses bras, très haut, me faisait tournoyer, me mangeait de baisers, me répétait que j'étais jolie, mais comment est-ce que je vais faire avec une petite fille aussi jolie et que j'aime tant ? Et voilà, tout était réparé, tout était oublié, j'étais la plus heureuse des enfants, et quand il se mettait à me raconter les peuples opprimés les dictateurs le communisme le fascisme les révolutions les utopies, je le mangeais des yeux, je l'écoutais bouche bée, sans l'interrompre, pour faire des réserves de lui, pour bien stocker pour plus tard ses mots, son enthousiasme, sa joie de vivre – tiens, déjà des réserves, déjà inquiète, on ne change pas finalement, tout est déjà joué, on n'arrête pas de répéter, ça m'énerve. Le monde qu'il me décrivait était féroce et drôle et tragique, et mes soucis avec la belle-mère du moment étaient loin tout à coup, très très loin, et petits, tellement petits. Elle patientait dans la pièce à côté, pincée, rongeant son frein, attendant qu'il vienne l'embrasser aussi, mais c'est toujours moi qu'il embrassait en premier, tralala. Et toi il me demandait, et toi, raconte-moi ton école, ton amie Delphine, le livre que tu es en train de lire, j'espère qu'il n'y a pas trop de garçons amoureux de toi en ce moment, alors j'inventais, j'imaginais une journée juste pour lui, un quotidien lavé brossé éclatant, je voulais qu'il ressorte dîner rasséréné, et content, et fier de sa petite Louise chérie pour qui tout allait toujours bien, quel bonheur cette enfant.

Au bout d'un moment, la belle-mère du moment n'en pouvait plus. On entendait Georges-chéri ? tu viens ? Et papa me caressait les cheveux une dernière fois en me disant qu'il m'aimait et que tout irait bien et que j'aurais une vie heureuse et formidable et je faisais semblant de m'endormir pour le laisser repartir en paix et puis je m'endormais pour de bon parce que c'est vrai qu'il veillait sur moi et que tout allait bien et que plus tard je serais comme lui, courageuse et gaie.

En tout cas, là, maintenant, avec mes enfants, je suis courageuse et gaie et aussi, parfois, très fatiguée. Mais ce n'est plus du tout la fatigue de maman. Ce n'est pas non plus celle de papa, avec ses journées pleines et ses pensées claires. Mais ce n'est plus la fatigue de maman, et c'est ça qui compte, et c'est ça l'essentiel, je suis guérie, eux aussi.

10

On m'avait dit le couple ! le couple ! prévoyez des moments pour le couple ! mais rien ne nous a fait nous sentir un couple comme d'avoir décidé de fabriquer, ensemble, Pablo et moi, des enfants.

On était déjà un couple, avant. Mais là, c'est comme si on avait accédé à un autre niveau, le degré supérieur du couple, plus difficile, plus impressionnant. Et moi, en tout cas, je suis retombée amoureuse de lui, d'une manière nouvelle, plus joyeuse, plus euphorique, en voyant quel genre de père il est devenu.

En revanche la peur, je ne savais pas pour la peur. Je ne savais pas que j'aurais peur de la pluie et peur de la chaleur, peur du soleil, peur des chutes, peur des chagrins, des cauchemars et du retour de la peste bubonique, peur des accidents de la route, des kidnappings, du glutamate, des aires de jeux, des attentats terroristes, des postillons, des allergies alimentaires, des psychopathes, des angles morts, des vipères, de la résistance aux antibiotiques, des brûlures, de la méningite, des intoxications, des allumettes, du bizutage, de l'apnée du sommeil, des pédophiles, des escalators, des baignoires trop remplies, des carrelages trop glissants, des jouets fabriqués en Chine, des chauffards, des chauffe-eau défectueux, du jeu du foulard, des produits ménagers, du paraben, du ski, des erreurs de diagnostic, de la vache folle et du virus Ebola, des fenêtres ouvertes, des balcons, des piscines, des escaliers oh là là j'ai tellement peur des escaliers, de certains vaccins, des cacahouètes, des incendies, de la fièvre typhoïde, des fausses-routes, des manèges, des prises électriques, des infections nosocomiales, du moustique-tigre, de la pollution, des chiens errants, des ascenseurs, des œdèmes de Quincke, des skate-boards, des télésièges, des fêtes foraines, des autocars, des champignons vénéneux, du racket, des chevaux, des colonies de vacances, des grands magasins, des ustensiles de cuisine, des mauvaises fréquentations, peur de la mort, peur de moi, peur des autres et peur d'eux aussi, mes enfants, peur sans pause, peur sans répit, les dangers sont innombrables, immenses, infinis – si vous aussi vous voulez avoir peur, peur tout le temps, peur à vomir, une peur bien épaisse, bien collante, eh bien faites des enfants.

Avant, c'est vrai, j'avais peur pour maman.

C'est le même mot mais ce n'était pas la même chose. D'abord la peur de ce qui pouvait arriver à maman était plus diffuse et quand je suis sortie de l'enfance elle se mettait en sourdine avec les anxiolytiques, elle s'atténuait avec le travail, les distractions, les romans, la télé, l'amour. Là c'est une peur qui résiste à tout, qui tord le ventre et cogne dans la tête, qui accélère les battements du cœur et, en même temps, paralyse, parce que quand un de mes enfants tombe, devant moi, qu'il se fait mal, qu'il crie, je mets toujours un temps fou à réagir, je suis toujours la dernière à accourir, je suis comme hypnotisée, clouée au sol, pétrifiée, voilà, c'est ça, changée en pierre, statufiée, stupide, impossibilité de bouger, d'appeler à l'aide, emmurée vivante, quelqu'un en moi qui crie, quelqu'un en moi qui se rue, mais sans un sursaut, sans un tressaillement, je pèse deux cents kilos, mes jambes ne sont plus mes jambes, mon corps n'est plus mon corps, il devrait être là-bas, avec ma fille recroquevillée par terre et qui pleure, mais il reste là, immobile, tétanisé, c'est de la glu, l'affreuse glu de la peur.

Je me dis toujours je n'aurai plus peur quand la fièvre sera tombée, ou quand il fera jour, ou quand ils sauront se moucher tout seuls, ou nager, ou formuler les choses et dire où ils ont mal, ou quand ils iront à la crèche, quand ils auront l'âge de raison, et quand ils seront adultes, hahaha évidemment je n'aurai plus jamais peur quand ils seront adultes et puis on finira bien par trouver un remède à la peur, un antidote contre les accidents et contre la peur. Mais au fond de moi je sais que c'est idiot. La peur ne partira jamais. La peur est livrée avec les enfants, ça fait partie du lot, c'est dans le paquet-cadeau, on peut contenir la tristesse, la maintenir dans un endroit clos, hermétiquement clos, les mains sur les oreilles et sur les yeux, mais on ne peut pas guérir de la peur. Il m'arrive de penser que ma vie était plus tranquille avant, quand ils n'étaient pas là à me faire peur tout le temps, à tenter le diable à trottinette, à choper des bronchiolites, des phlegmons et à bâiller devant les guêpes, j'étais plus tranquille, je n'avais pas peur de grand-chose, la mort n'existait que chez les autres, ou dans les films et les romans, maintenant maman est morte, j'ai des enfants et j'ai peur.

Est-ce que toutes les mères sont comme moi ? À avoir peur de manquer, à amasser des petits pots, des lotions, des tétines, des doudous identiques, à tout stocker en double ou triple exemplaire comme un chameau remplit sa bosse, à partir en vacances avec des couches et du lait, les valises pleines de Doliprane et de biberons de rechange, de couvertures de survie au cas où, on sait jamais. Moi, d'abord, je déteste les surprises, les bonnes comme les mauvaises. Ensuite, je me méfie, je ne suis pas certaine de pouvoir toujours compter sur moi, sur mes capacités, ma lucidité, ma vigilance. Et puis il y a cette saleté de tristesse qui peut ressurgir n'importe quand et tout submerger, alors autant ne pas être trop prise au dépourvu et être sûre que le matériel ne fera, lui, jamais défaut, voilà.

Bien sûr que j'adorerais partir en promenade avec un enfant dans chaque main, le nez au vent, avoir confiance en moi, en eux, en tout, ne pas anticiper en permanence, ne pas toujours prévoir les catastrophes. Il y a une photo idiote qui me fascine, on y voit Brad Pitt avec deux de ses enfants, un air cool et un biberon qui dépasse de la poche de son jean. Évidemment, je sais qu'il y a trois nounous, hors champ, prêtes à bondir avec de la ouate hémostatique ou de l'arnica, mais quand même, cet air détendu, placide, ça fait combien de temps que je n'ai pas eu, moi, l'air détendu et placide ? Même quand je fumais de l'herbe j'étais nerveuse, toujours sur le qui-vive, toujours à sursauter. Et puis mes enfants aussi ont une nounou, oui, comme ceux de Brad Pitt, une vraie nounou, mais je me méfie encore plus de la nounou que de moi, elle n'y est pour rien, elle est super, mais est-ce qu'elle s'est bien lavé les mains avant de stériliser le biberon ? parce que si on a les mains dégueulasses autant ne pas stériliser du tout, hein, et je ne vois pas beaucoup baisser le niveau du savon, ni celui du gel antibactérien, je pourrais peut-être lui en toucher un mot, Corinne, vous vous lavez bien les mains chaque fois que vous rentrez à la maison n'est-ce pas ? Non, ça ne se fait pas. Elle risquerait de mal le prendre. Et, si je veux une nounou impliquée et qui se lave les mains, je ne veux pas, pour autant, une nounou contrariée ou humiliée, ce serait pire que tout. La solution ce serait peut-être de bidouiller une caméra à fixer au-dessus de l'évier. Mais je crois que c'est interdit. Et en plus, en plus, elle a l'air tellement cool, tellement détendu, c'est suspect ça aussi, faut un minimum de nervosité pour bien anticiper les choses, est-ce qu'elle a cette nervosité minimale ?

J'ai des copines qui me jurent qu'elles ne sont pas devenues hypocondriaques pour leurs enfants, qu'elles ne pensent pas que le pire est toujours probable, qu'elles attendent le lendemain d'une poussée de fièvre pour prendre rendez-vous avec la pédiatre, voire trois jours quand, je cite, rien ne justifie qu'on s'emballe. Comment elles font ? Elles sont sous Lexomil ? Moi je remplis la poussette comme pour une ascension de l'Everest, vêtements de rechange, couches, lait en poudre, eau minérale, lotion désinfectante, biberon neuf, pansements, gouttes pour les yeux, lingettes, Aspivenin, jouets, couverture, pommade, brumisateur, écran total, bavoirs, même pour aller au bout de la rue, au square près de l'église où se retrouvent les clochards du quartier. Je les aime bien, ces clochards. À part son amie Claire, la seule à avoir tenu jusqu'au bout, maman, à la fin, n'avait plus que des copains clochards. Peut-être qu'elle pensait qu'elle n'en méritait pas d'autres. Peut-être qu'elle se sentait comme eux, marginale, agressée par les petites ambitions des gens, les désirs domptés, les révoltes égoïstes. Peut-être qu'elle pensait qu'ils étaient les derniers hippies et que leur pauvre liberté était la seule qui restait : être libre d'avoir faim, froid, de ne pas se soigner, de vivre plus bas que terre, de crever dans la rue si on le veut et, en même temps, de rester fraternels. Huit ans ont passé depuis qu'elle est morte. Mais les clochards et moi, on partage les mêmes bancs, certains jours, en face de l'église, et aussi le carré de pelouse anémiée qui donne sur le boulevard, ce sont eux qui ont applaudi les premiers pas chancelants d'Angèle devant le panneau Pelouse au repos que quelqu'un a justement rectifié en Pelouse aux popos.

Bref j'ai peur de tout. Je gave les enfants d'échinacées dès septembre pour prévenir les infections hivernales. Puis je ne dors plus parce que j'ai lu sur Internet que, d'après certaines études, ça peut paradoxalement fatiguer l'immunité. Alors j'appelle la pédiatre sur son portable, cette femme est une sainte, je laisse des messages angoissés, je m'excuse mille fois, c'est peut-être rien, c'est sûrement rien, je suis complètement parano du corps de mes enfants, mais rassurez-moi, docteur, non, rassurez-moi mieux que ça, rassurez-moi vraiment, est-ce qu'on peut passer vous voir ? juste une petite visite de rien du tout ? Et puis j'appelle mon père. Je lui demande de me raconter un truc, n'importe quoi, il trouve toujours, une histoire de quand il vivait avec maman, un épisode de quand il était petit, sa rencontre avec Benny Lévy, est-ce que je t'ai raconté que, dans mes années de khâgne, je rentrais tous les jours en sang chez mes parents ? Non ? Il y avait toujours quelqu'un à l'interclasse qui criait attention voilà les fafs ! alors on fonçait dans le tas, on se battait comme des lions, et on s'arrêtait net à la sonnerie de reprise des cours. Papa rit, je ris aussi, ça va mieux, ça me redonne un peu de courage, c'est drôle comme je le crois encore, à mon âge, et malgré tous ces gens morts autour de nous, quand il me dit que tout va s'arranger, qu'il arrange toujours tout. Mais quand il n'est pas joignable ? Quand il est occupé à sauver le monde, alors que je ne pense, moi, qu'à sauver mes enfants ? J'écoute sa voix sur sa boîte vocale, c'est mieux que rien, c'est la même depuis toujours et elle me dit que tout va bien, elle pulvérise mes anxiétés, elle nettoie toute la peur irrationnelle autour de moi. Et puis, je me branche sur Doctissimo. Mais tranquille. Sans panique. Avec tout le sang-froid que m'a donné la voix de papa. Je suis incollable sur la maladie de la gifle, la coqueluche, la scarlatine, la roséole, la rubéole, l'amygdalite, les convulsions fébriles, interrogez-moi, je sais tout, parce que vivre dans l'inquiétude c'est pas drôle, mais vivre dans l'inquiétude et ne rien faire c'est pire, c'est épouvantable. Alors je nous prépare à l'attaque. Je mobilise sur tous les fronts. C'est peut-être pour ça, pour me faire plaisir, que mes enfants chopent tous les virus qui traînent.

11

Parfois, la nuit, je sens le début de la tristesse qui revient, c'est une sensation d'oppression, une sorte d'étau et puis, très vite, l'impression qu'on m'écrase la tête entre deux pierres, deux pierres de chagrin qui abrasent toute ma gaieté, toute ma joie, alors je me tourne vers Pablo, je me colle à lui, je me blottis, il me borde dans son sommeil, sa jambe sur ma jambe, son souffle dans mes cheveux, et voilà, je respire mieux, je respire bien, il ne m'arrivera rien, je suis à ma place, tout est en ordre, tiens, d'ailleurs, c'est passé.

Du coup, je deviens un peu méchante, je me dis je vais le réveiller et lui faire la tête deux ou trois heures, pour le punir, pour pas qu'il croie que ça y est, que c'est du tout cuit, du pour toujours, alors je le réveille et puis je me retourne dans mon coin du lit et je repousse, ingrate, la main qu'il a posée sur mon dos, dors, je dis, dors et laisse-moi dormir. J'ai envie de lui dire des choses douces, en même temps. Mais je n'y arrive pas, la douceur reste coincée, c'est plus fort que moi, je me sens forcée d'être méchante, alors je lui caresse les cheveux, je les tripote, je suis au courant qu'il aime pas ça parce qu'il sait qu'au réveil il aura des mèches en l'air et toutes tirebouchonnées, mais je m'en fiche, je le caresse quand même, je le caresse par méchanceté. D'accord, c'est à moi que ça fait plaisir. D'accord, c'est mon petit plaisir de méchanceté. Et d'accord, ça me plaît que ça ne lui plaise pas. Mais lui ça doit lui plaire aussi, je me dis, que je ne le barbouille pas de tous ces mots d'amour que les autres amoureux se bavent pour s'entendre baver la même chose en retour, allô je t'aime ouais moi aussi bisous, nous on ne se dit pas qu'on s'aime, moi parce que ça me dégoûte, lui par orgueil je pense, mais c'est pas grave, de toute façon c'est trop tard, je ne vais pas me mettre à lui dire des mots d'amour après dix ans de silence, ça lui ferait un choc.

Parfois, il m'emmène voir un spectacle de flamenco, du bon, du beau, du vrai flamenco, rien ne m'ennuie plus au monde mais je ne le lui dis pas, je ne suis pas tout le temps méchante, je fais même semblant d'être émue, je ne sais pas si c'est grave, si c'est pire, ou pas, qu'un mensonge, mais ça a l'air de lui faire tellement plaisir, alors ? Et puis c'est mieux que s'il avait les mêmes goûts que moi, ou les mêmes non-goûts. De toute façon je n'aime rien en particulier. Au mieux la musique m'ennuie. Au pire, et surtout si c'est de l'opéra, ça m'oppresse comme si on me maintenait la tête sous l'eau. Et puis c'est bien d'être avec lui, au spectacle de lui heureux, les yeux fermés, battant la mesure avec la tête, c'est lui que je regarde, l'effet de la musique sur lui.

Une fois il m'a entraînée à un concert de Motörhead, je ne me suis pas dit on sait jamais ça va peut-être me plaire quand même, non, je me connais, la foule, les endroits où il fait chaud, rester debout des heures, merci bien, la seule question que je me suis posée en arrivant c'est comment je vais donner le change avec mon pull marin et mes sursauts quand quelqu'un me heurte ou parle un peu trop fort. Alors j'ai enfoncé une paire de boules Quies par-dessus celles que j'avais déjà mises par précaution. Je sentais qu'il allait y avoir beaucoup beaucoup de bruit, et moi, le bruit, c'est comme le vin, l'odeur de la viande chez le boucher et les échantillons de parfum dans les magazines de filles, ça me donne envie de vomir. Je suis d'accord pour voir et pour sentir, entendre et éprouver, mais pas tout en même temps. Maman, une fois, m'avait aidée à faire une rédaction. Je ne sais plus quel était le sujet, mais il me bloquait et elle m'avait dit tu n'as qu'à parler des cinq sens, ah bon tu crois, oui je crois. Et pour que je comprenne bien elle m'avait organisé une séance goût de la bière, écoute des Sex Pistols, odeur de Shalimar, toucher du chat et je ne sais plus quelle était la cinquième expérience, parce qu'au moment d'y arriver j'ai fait un malaise.

Donc là, le concert de hard rock, avec mes doubles boules Quies, c'était chouette, et même plutôt agréable, cette sensation d'être à côté de moi-même, et ces gens autour qui hurlent en silence, qui secouent leurs cheveux, qui trépignent sans bruit, et ces vieux barbus sur la scène, raides et très agités, avec leurs costumes speed trash et heavy metal, leurs tatouages et leurs grimaces, peut-être qu'avec le son ils font peur, mais là non, ça a plutôt l'air d'une blague, d'ailleurs je ris, oui, je ris comme une bossue et Pablo, ravi et sans doute rassuré de me voir contente et riant, se laisse complètement prendre par le spectacle, il est sur la scène, il est le chanteur, le batteur et la foule, il secoue la tête et des fils de sueur giclent dans tous les sens, on ne voit plus que ses dents, presque bleues dans la pénombre, et moi, pour qu'il soit définitivement content, je passe le T-shirt qu'il vient de m'offrir, il sent le plastique, il est trop serré, mais ça fait rien, c'est son cadeau et puis je vais faire un selfie et je suis sûre que ça va impressionner Angèle d'imaginer sa mère à un concert de hard rock, plus tard je le lui prêterai, tiens, fais-y bien attention, ma chérie, il est collector. À côté de Pablo une fille vient de se pisser dessus, plus loin des gens se sautent les uns sur les autres, et puis, là-bas, des types sont ballottés sur un tapis de mains levées, jamais vu une chose pareille, je suis vraiment contente, près de moi il y a un gars qui se branle, une fille très jeune qui se met seins nus et qui pleure, et moi je suis là, avec eux mais pas tout à fait, fascinée et un peu envieuse, ça doit être bien de ne plus se voir, d'être parfaitement désencombré de soi, quel luxe, quel miracle, j'y suis presque.

J'adore le hard rock, je dirai à Pablo une fois rentrés. Et je n'aurai pas l'impression de lui mentir. Car c'est vrai que j'ai aimé, ce soir-là, ce hard rock muet, sauvage et feutré à la fois, l'image sans le son, c'est ça la solution, un peu comme avec maman et Sophia aux courses automobiles, quand elles n'oubliaient pas les boules Quies. Il y avait des gens en blouson de cuir, avec d'autres sortes de tatouages, parfois l'un d'eux me prenait dans ses bras et me faisait sauter en l'air, parfois je glissais de mon siège et je jouais par terre, dans les pattes des adultes, avec des canettes de bière, parfois je m'endormais devant ce grand manège où tournaient les voitures, mon pouce dans la bouche, dans les bras de maman ou de Sophia, j'étais sage, tellement sage, pourquoi étais-je si sage, peut-être que je n'avais pas le choix, et peut-être que maman aussi faisait semblant de trouver ce spectacle chouette, ou peut-être qu'elle aimait vraiment ces voitures qui ne vont nulle part et prennent parfois feu contre les barrières, et cette odeur d'essence qui pique la gorge, maman si chic, si belle, parfumée, maquillée, maman à qui je me rends compte que je n'ai finalement jamais posé la question de ce qu'on faisait là et pourquoi. Je ne lui ai jamais posé de questions, de toute façon, sur elle et Sophia, leur vie ensemble, inséparables jusqu'à l'accident de moto de Sophia, je devais avoir peur de la réponse, elle répondait à tout, elle ne filtrait rien, elle ne s'est jamais adressée à moi comme à un bébé, elle n'a jamais adopté ce ton bêtifiant que je prends volontiers, moi, avec mes enfants, pour les laisser à leur place d'enfant, justement, pour faire durer ce plaisir d'être un enfant que j'ai, moi, si peu connu, non, son ton n'a jamais varié, il était peut-être un peu plus doux, plus mélodieux, plus tendre que celui qu'elle prenait avec ses amis, mais que j'aie huit ou trente ans ç'a toujours été le même, ni condescendance ni mièvrerie ni gronderie ni cajolerie, j'étais sa fille mais je n'étais pas une enfant, d'ailleurs ça n'existait pas les enfants, il n'y avait pas d'état transitoire, il n'y avait que des personnalités, des traits de caractère, des gens qui naissaient et qui allaient mourir.

Moi j'explique à Angèle : on ne vient pas sur Terre vierge et pur et vide, avec tout à apprendre et tout à faire. On n'est pas une page blanche, même si j'aimerais bien, hein, une chouette page blanche sans ratures sur trois générations. Mais non, on porte la mémoire de sa famille, on trimballe ses paquets de problèmes et de névroses. En naissant, bien sûr, on a tout oublié. Mais tout est là, en nous. C'est ça qu'on explique aux enfants juifs et c'est ça que j'essaie donc de lui expliquer. D'accord, Angèle ne l'est pas vraiment, juive. Elle l'est, a dit le rabbin avec qui on a fêté Kippour l'année dernière, juste un quart. D'ailleurs, sur toutes les photos de son baptême chrétien, celui qu'a voulu Pablo, papa a l'air d'avoir avalé une hostie de travers, et moi d'avoir bu tout le vin de la messe, mais j'ai toujours pensé qu'il fallait, pour faire bonne mesure, que je lui transmette quelque chose d'un peu casher de temps en temps. Ce que ça veut dire être juif, pourquoi je le suis même si maman ne l'était pas, que de toute façon c'est un choix et qu'elle choisira ce qu'elle voudra quand elle sera grande, là on lui donne juste, Pablo et moi, les éléments, les données du choix, les munitions. Ça me rassure de penser ça. Je m'y accroche comme une naufragée. Je sais tout ce qu'elle reçoit sans l'avoir choisi, maman, sa mort, sa fatigue, la part de tristesse que je n'ai pas complètement vaincue, le mystère et le mensonge, les éclats de mémoire qui explosent comme des vieilles grenades, soixante-dix ans après, sur les plages de Normandie. Alors je me dis que le judaïsme, ou plutôt l'idée que je m'en fais, c'est comme une transmission contrôlée, un médicament, un bouclier.

C'est n'importe quoi, je le sais. Et d'ailleurs Angèle l'a compris. Le soir, dans son lit, quand Pablo ne lui raconte pas les apôtres, et que c'est mon tour de raconter une histoire, elle m'écoute poliment, elle fait semblant de s'intéresser, mais elle n'a envie d'entendre parler ni de la Bible, ni des prophètes, ni même des trucs de princesse ou de fée qui plaisent aux autres enfants, non, il n'y a qu'une chose qui l'intéresse vraiment – c'est que je lui explique les maladies graves.

— Graves comment ?

— Graves, mais on ne meurt pas.

— Le scorbut ?

— Oh ! oui, le scorbut.

— Bon alors le scorbut est dû à un déficit en vitamine C, et…

— Ah non, maman, finalement raconte-moi une maladie grave qui t'est arrivée quand tu avais mon âge.

— Il ne m'est rien arrivé de grave quand j'avais ton âge.

— Ah. Alors, raconte-moi des bêtises graves de ta maman.

— Bon. Une fois, ma mère m'a oubliée dans une gare.

— Oubliée ? Whaou ! Et alors ?

— Alors après, elle m'a retrouvée.

— Ah.

Je distille les infos au compte-gouttes, parce qu'on croit que les enfants peuvent tout encaisser, eux-mêmes, souvent, vous disent mais si maman je veux monter dans ce manège génial interdit aux moins de douze ans qui file dans le ciel à toute allure et je te promets que je n'aurai pas peur, mais c'est pas vrai, une fois en haut ils hurlent qu'ils veulent redescendre. Parfois, en vacances, pendant le repas du soir, on est bien, famille recomposée, gaieté, cigales, on rigole, et voilà mon père qui se met à raconter des aventures abominables qui lui sont arrivées, hahaha j'ai failli crever du choléra, ah au fait je ne vous ai pas dit j'ai passé deux jours dans le coma, et la fois où je me suis empoisonné au gaz carbonique et où j'ai dû passer trois jours dans le caisson à oxygène des pompiers... Il doit penser qu'on est tous forts comme lui. Mais, chaque fois, même à mon âge, j'ai les larmes aux yeux, je me retiens, sifflotement mental, chanson de Francky Vincent, je me force tellement à sourire que j'en ai mal aux joues, et puis brusquement mon menton devient tout mou, je dis j'ai froid et je me mets à claquer des dents, mais c'est trop tard, une digue a cédé, larmes en tsunami au milieu de l'anecdote, l'anec, comme dit mon amie Anne-So, tout le monde est hyper gêné, on doit croire que je veux attirer l'attention, faire mon intéressante, la pauvre petite fifille à son pôpa, je suis furieuse contre moi, j'aurais dû me mettre en veille, en écoute automatique, penser à ce que j'ai fait de génial la semaine dernière, le tour de mon salon, une expédition au square, dix mètres en Vélib', regarder pousser mes cheveux, j'aurais dû ne pas m'intéresser du tout à mon père allant au Darfour parce que sinon la vie est chiante, besoin d'espace, d'histoires, de relancer les dés, de tout risquer, moi, c'est le contraire, je veux qu'il ne m'arrive rien, je veux du coton, de la ouate et des rires, je veux que tout aille bien, et quand tout va bien je me dis ouh là là c'est parfait faut pas bouger d'un pouce.

Donc je veux bien dire la vérité à mes enfants, d'accord, mais pas trop, pas tout, pas trop brusquement, et puis comment raconter la drogue, la prison et le cancer avec des petites blagues rigolotes ? Je n'ai pas encore trouvé, même si je crois que c'est moins de leur peine que j'ai peur que de la mienne et de l'effet qu'elle aurait sur eux alors que j'ai toujours tout fait pour cadenasser les portes de la tristesse. Parfois je me dis que ce qui les rassurerait ce serait justement de me voir pleurer, de me trouver normale, sensible. Mais j'ai trop peur de glisser sur mes larmes, de m'étaler dans la tristesse et de ne plus pouvoir me relever. Alors je prends *La Sorcière de la rue Mouffetard*, ou *Le Petit Nicolas*, ou *Astrapi*, et je fais ma grosse voix : c'est ça ou rien, Angèle, t'as déjà de la chance, il y a des enfants qui n'ont rien d'autre à lire que leur boîte de Chocapic, et il y a même des enfants qui n'ont pas de Chocapic du tout.

Et puis est-ce qu'Angèle elle-même en a vraiment envie ? Est-ce que ces histoires l'intéressent au fond tant que ça ? Elle sait la coïncidence de sa naissance et de la mort de sa grand-mère. On lui a expliqué, moi, mon père, Pablo, on s'y est tous mis pour être bien sûrs de ne laisser aucune place aux non-dits. Peut-être même qu'à force on est dans le trop-dit, je ne sais pas, je sais juste qu'elle n'a aucune, mais alors aucune envie d'en savoir plus et de grandir trop vite. D'ailleurs, il y a un signe. À bientôt neuf ans elle croit encore au Père Noël. C'est bizarre. Ça m'inquiète. Faudrait peut-être consulter ? je demande à Pablo. Mais Pablo n'est pas d'accord. Il trouve ça formidable tant d'innocence. C'est si rare de nos jours, ça se protège, l'innocence, tu te rends pas compte. Mais, comme je suis têtue, je vais trouver Angèle, elle est en pyjama, dans son lit, entourée de quarante peluches, et je tente une approche :

— Est-ce que tu as des copains qui ne croient plus au Père Noël, mon cœur ?

— Non, elle me répond en bâillant. Ceux qui ne croient plus au Père Noël eh ben c'est plus mes copains.

— Ah, je dis, un peu embêtée.

Je la considère un moment, elle est en train de noter quelque chose sur un carnet rose et essaie de cacher ce qu'elle écrit parce que je la reprends toujours sur ses fautes d'orthographe et que ça l'agace, d'ailleurs j'en repère une, de faute, énorme, je me mords les lèvres, je ne dis rien, et du coup c'est autre chose qui sort, brutalement, sans que je l'aie vu venir :

— T'as pas reconnu Simon, l'année dernière, sous sa fausse barbe ?

Elle tourne la tête vers moi, le crayon en l'air, les yeux grands ouverts comme deux ailes de papillon.

— Si, évidemment que je l'ai reconnu, tonton Simon.

Je soupire. Mais elle reprend, avec la tête qu'elle fait quand elle me trouve déraisonnable, par exemple quand elle me surprend en train de danser toute seule dans la salle de bains :

— Maman, il y a des fois où il n'a pas envie du tout de venir, le Père Noël, et il envoie des gens à sa place, parce qu'il préfère rester à Hawaï.

— À Hawaï ?

— Oui ! Tout le monde dit qu'il vit au pôle Nord, mais moi je sais qu'il préfère sa maison d'Hawaï.

— Okay. Et le marchand de sable ?

— Eh ben quoi, le marchand de sable ?

— Est-ce que tu as des copains qui ne croient plus au…

Angèle referme brusquement son carnet rose et lève les yeux au ciel.

— Maman ! On s'en bat, de sa *life*, à ce ringard !

— Angèle !

— Quoi ? C'est pas un gros mot, ringard ! Et puis ça fait des mois et des mois qu'il ne vient plus me voir, le marchand de sable, alors puisqu'il s'en bat de ma *life* eh ben moi aussi je m'en bats de…

— Arrête !

Je viens de hurler. Angèle me regarde, la bouche ouverte, les yeux agrandis de surprise. Allez, il faut éteindre, je dis, la voix un peu tremblante. Je me trouve absurde, tout à coup. Qu'est-ce qui me prend ? Et ce début de bourdonnement dans les oreilles ? J'ai peut-être enchaîné trop vite les Nicorette, ça me fait ça, parfois, et ça m'empêche de bien réfléchir. Bon. Ne rien laisser paraître. Jouer la maman sévère, sereine et sévère, qui se penche pour embrasser son Angèle. Elle me passe les bras autour du cou et me bécote dix fois la joue comme un oiseau. Ça me fait toujours rire, elle le sait, le baiser-pivert. Mais, là, je me force à rire. Je vois bien comme elle a fermé les volets, comment elle s'est claquemurée dans son univers d'enfant, je vois toutes les barrières qu'elle a mises pour retarder le moment où elle aura à prendre acte de tout ce malheur qui la précède et je n'arrive pas à savoir, moi non plus, s'il faut le lui distiller à doses légères, à gros bouillons ou pas du tout.

C'est le tour de Paul, maintenant. Comment font ceux qui ont dix enfants ? Paul, lui, ne demande pas d'histoires. Il veut qu'on lui caresse le dos et qu'on lui dise qu'on l'aime. Et puis, il m'appelle encore dix fois après le bisou du soir pour être sûr que je n'ai pas changé d'avis. Il y a des gens qui vérifient dix fois qu'ils ont fermé le gaz. Il y a des gens qui ont des tocs, des habitudes. Eh bien lui c'est le toc du baiser répété. D'ailleurs, jusqu'à ses trois ans, il avait des tics tournants. Pendant un mois il clignait des yeux. Le mois suivant, il se raclait la gorge. Puis il retroussait des manches imaginaires. Et puis retour à la case clignements. Aujourd'hui, il vérifie dix fois qu'on l'aime, inquiet chaque fois, tic-toc, tic-toc, toc d'amour. Je lui réponds mais bien sûr, mon Paul, je t'aime, on t'aime, et ce sera comme ça toujours ! Mais tu vas où, maman ? il me demande d'un air affolé. Je ne vais nulle part, Paul, je suis là, on est là, à côté, dans notre chambre. D'accord, il dit, d'accord mais je veux mille baisers. Alors on se met à compter, même si c'est beaucoup et si, parfois, je passe direct de cent à neuf cents, mais est-ce que c'est grave ? Et puis je m'arrache à ses petits bras puissants, je sors de sa chambre. Et il me rejoint après dix minutes, hoquetant, bouleversé, est-ce que tu m'aimes, maman ? est-ce que tu m'aimes vraiment ? Pablo, qui a tendance à me trouver un peu laxiste, est tout attendri, lui-même, par ses larmes et sa mine chagrine. Alors je le prends dans mes bras, je le berce, je le ramène dans son lit, j'allume une veilleuse, je mets un disque, je trouve un nouveau doudou, je dis je t'aime à son oreille droite, je t'aime à son oreille gauche, je t'aime à son cou, à ses mains, à ses pieds, et puis je sors à pas de loup, j'ai tellement de choses à faire, une nouvelle vie qui commence quand les enfants sont couchés, m'allonger, prendre un bouquin, ou un bain, manger un truc, écouter enfin ce que Pablo avait à me raconter depuis ce matin mais c'était jamais le bon moment, toujours un des deux enfants qui crie, qui tombe, qui appelle, qui veut montrer son dessin, c'est bon Pablo, je lui dis, je suis à toi, c'était quoi l'urgence ?

Mais voilà la petite tête de Paul qui réapparaît dans l'entrebâillement de la porte, c'est pas sa faute, il a faim, froid, soif, il a peur, il a entendu un bruit, vu un moustique, il a mal au ventre, il veut une histoire, une chanson, un gratouillis, apprendre l'alphabet, savoir si on l'aimait avant qu'il naisse et si on l'aimera quand il sera grand, alors pour ne pas que Pablo s'énerve, et parce que je suis moi-même au bord de la crise de nerfs, je lui récite ce que j'ai lu dans les manuels de pédopsychiatrie, mon chéri, tu as simplement peur de la séparation de la nuit, mais c'est une mini-séparation de rien du tout, et puis maintenant c'est l'heure des parents alors tu retournes dans ton lit et on se revoit demain matin. Mais voilà ses yeux qui s'embuent, sa lèvre qui tremble, ça y est, il pleure, il me dit pourquoi tu me fâches, je lui dis je ne te fâche pas mon cœur, je veux juste que tu te couches, pourquoi maman, parce que la nuit on dort, pourquoi maman, parce que c'est comme ça, allez, à demain, demain tu m'aimeras ? mais oui je t'aimerai demain et je t'aimerai après-demain et je t'aimerai toujours, tous les jours et toutes les nuits aussi, allez, file, cette fois c'est ton papa qui t'accompagne, mais il ne veut pas, il veut que ce soit moi, son père le prend dans ses bras, il hurle, il trépigne, il se débat, mais Pablo ne cède pas, il revient, on dîne, on allume la télé, j'entends Paul pleurer dans son lit, je me bouche les oreilles, je ne veux pas être une maman qui ne revient pas quand son fils pleure, mais en même temps je n'en peux plus, je laisse Pablo m'interdire d'y retourner pendant au moins vingt minutes, il a raison, car Paul a fini par s'endormir, évidemment, évidemment c'est moi le problème, ma culpabilité débile, ma peur absurde d'être une mauvaise mère comme j'ai été une mauvaise fille.

12

La voisine est venue sonner à cause du raffut. C'est vrai qu'on laisse les enfants sauter sur notre lit en poussant des hurlements aigus, mais faut voir comme ils ont l'air heureux, comme ça les défoule, et comme ça me fait du bien, à moi, de les entendre rire et crier de joie, une joie tellement pure et simple et concrète, une joie qui me fait monter les larmes aux yeux.

Avec mon frère aussi on était joyeux quand on entrait dans la chambre blanche de notre père et de ses femmes qui changeaient tout le temps. Le lit blanc, les draps blancs, la moquette blanche et moelleuse, les murs blancs qu'on avait l'impression de salir rien qu'en les regardant, tout ce blanc interdit qui nous attirait comme une feuille blanche à colorier, alors on se déchaussait et, sur la pointe des pieds, après avoir effacé les traces de nos orteils derrière nous, on atteignait le lit, on se sentait sur un nuage, engloutis dans le moelleux du matelas, on sautait, on cabriolait, puis, en deux bonds et deux grimaces de Sioux, on rejoignait la porte qui donnait sur le salon, interdit aussi, blanc aussi, les rideaux, la table basse, les fauteuils, tout était net, tranchant dans la lumière blanche, on glissait de canapé en canapé en veillant bien à tous les retaper pour redonner leur gonflant aux coussins, ces coussins qui devaient rester propres et blancs et gonflés alors qu'ils ne servaient à rien, puisque personne ne venait jamais chez nous.

Mes enfants ont le droit de ne pas retaper les coussins, de sauter sur notre lit et d'escalader le canapé, ils ont le droit de grimper sur les chaises et de se poursuivre autour de la table de la cuisine, je ne sais pas s'ils sont plus heureux comme ça, si c'est aussi marrant, ou pas, que si c'était défendu, mais je sais que je veux, moi, une maison en désordre, parce que c'était mon rêve d'enfant et que je veux pour eux toutes les joies que je n'ai pas eues. D'ailleurs, j'aime ranger. Moi si désordonnée, moi dont les belles-mères du moment disaient que j'étais une petite souillon, j'aime ramasser les jouets qui traînent, j'aime effacer les empreintes de doigts sur les murs, j'aime gratter le chocolat sur les fauteuils, j'aime réparer les bêtises des enfants et la trace de leurs jeux, je suis là pour ranger et ils sont là pour être des enfants, chacun sa place, chacun son rôle, le mien c'est de les laisser être joyeux, c'est de faire qu'ils soient contents de rentrer, contents d'inviter leurs copains, contents contents contents, c'est ça, ma méthode d'éducation, c'est pas dis bonjour à la dame on ne parle pas la bouche pleine tiens-toi tranquille et finis ton assiette, c'est sois contente, sois content, je ne sais pas si c'est bien, je ne sais pas si j'ai raison, mais je sais que Pablo a réussi à leur faire aimer Chopin, la mythologie grecque et Charlie Chaplin, et que moi j'aimerais leur apprendre que ce n'est pas très grave s'il y a du feutre sur les murs, ou si on laisse la fenêtre ouverte quand il pleut, ou si on laisse déborder la baignoire tellement on joue pendant le bain.

Bon, c'est vrai que, quand je suis de mauvais poil et que je sens arriver les premiers fourmillements de la mélancolie, je m'emballe un peu sur le rangement. Je tiens toute la journée, je m'applique à avoir l'air à peu près normale, mais je me relève la nuit, quand tout le monde est endormi, et je me mets à jeter, il n'y a que ça qui me fait du bien, besoin irrépressible de faire le vide, de me purger des vêtements pas portés, de bazarder les jouets qui prennent trop de place ou qui rentrent mal sur les étagères ou avec lesquels les enfants n'ont pas joué depuis un mois, ou ceux que je trouve moches, ou qu'ils ont en double, ou qui me rappellent soudain ceux qu'on m'offrait quand j'avais leur âge, je jette, je jette, et c'est comme trier mes souvenirs, c'est comme mettre de l'ordre dans mes idées, sauf que ça ne fait pas suffoquer, ça apaise, ça rassure, je suis aux commandes d'un navire qui ne doit pas être trop chargé pour ne pas prendre l'eau et arriver au bon port de la gaieté, hop, par-dessus bord les médocs sans notice, à la mer les articles d'électroménager biduleux, les bibelots, les bricoles, les babioles que les enfants amassent et auxquelles il ne faut pas qu'ils s'attachent, les lettres qu'on ne relira pas et les relevés de banque, les radios panoramiques dentaires, les CD gravés sans titre, les souliers ringards, les photos de quand on faisait encore développer les photos, les parfums qu'on ne met plus, les crèmes de beauté qui rendent même pas belles, jeter jeter jeter, ça fait comme des saignées, ça délivre la tête, ça l'aère, tu es une chiffonnière, me disait une fiancée de papa, une autre, décidément je n'avais pas de chance, c'est quoi ces saloperies que tu collectionnes, c'est le marché aux puces, ta chambre ? et elle jetait ce que j'avais de maman, un disque, un foulard, elle les jetait devant moi qui n'osais rien dire, pas protester, même si parfois en m'endormant je rêvais qu'il y avait le parfum de maman sur le foulard, c'était faux naturellement, le foulard ne sentait rien, et maman me manquait autant avec le foulard que sans, quelle connerie ces histoires de doudous, pas moi, pas elle, elle n'était pas dans son parfum, elle n'était pas dans les objets qu'elle me donnait ou que je lui volais, elle était ailleurs et moi j'étais là, sans elle, avec un foulard absurde qui n'avait d'importance que pour la belle-mère qui pensait en le jetant avoir chassé maman, mais maman se chassait toute seule, maman n'avait pas besoin d'aide pour disparaître, maman me manquait, c'est tout, personne n'y pouvait rien, et elle me manque toujours et ça me tord le ventre, ce n'est pas un parfum qui me fait penser à maman, ce n'est pas un doudou, ce qui me rapproche d'elle c'est le manque, c'est le vide, c'est cette absence énorme et qui envahit tout, c'est l'absence angoissante de quand elle était vivante et c'est l'absence horrible de maintenant, elle me manque même si elle n'a jamais été là, ou alors quelques mois au début, est-ce que c'est vrai ce que les gens disent ? est-ce que, vraiment, c'est ça qui compte, le bon ou le mauvais départ ? Peut-être que c'est ça que je transmets à mes enfants dans le fond, peut-être que c'est cette tendresse et ces baisers dont je ne me souviens pas, dont personne ne se souvient jamais mais dont on garde la trace en soi il paraît, toute sa vie, peut-être que c'est cette tendresse dont je n'ai même pas la trace invisible que j'essaie de leur transmettre, vaille que vaille, comme je peux, c'est les travaux d'Hercule, c'est comme parler dans une langue étrangère, ça m'épuise, ça me rend dingue, mais c'est ça que je dois faire, elle me manquait quand elle était vivante, elle me manque maintenant qu'elle est morte, elle m'a toujours manqué, comme un œil en moins, un bras en moins, une case en moins, il paraît qu'on s'habitue, mais je ne m'habitue pas, je n'ai rien pu garder de ses affaires, je me refais sans arrêt le portrait chinois des affaires de maman que j'ai récupérées quand papa a vendu le studio, un cendrier en bois et verre, des vases bricolés en plastique, des sandales usées, un joli portefeuille en cuir, des romans traduits du japonais, un sac en strass, quand je tombais dessus c'étaient des explosions de peine dans ma tête, alors j'ai perdu le portefeuille, cassé le cendrier, noyé les livres au milieu d'autres livres, jeté les sandales, offert le sac en strass, à quoi il servait ce bazar ? à quoi ça rime ce fétichisme ? Il n'y a plus d'explosion de peine maintenant, il n'y a qu'un point de côté permanent qui, neuf ans après, ne veut pas s'en aller.

Quand tout le monde dort à la maison je me relève donc et hop je jette, et hop je fais du ménage, et hop, par une chimie bizarre qui ne concerne que moi et pour laquelle il n'y a pas de lois et que je ne vais jamais, pour le coup, transmettre à mes enfants, ça me rapproche de maman, ça me permet d'apprivoiser un peu sa mort, je remplis des grands sacs pour le Secours catholique, j'aurais pu récupérer plein de sous sur eBay, mais pas le courage, pas la patience, faut que ça aille vite, il y a brusquement tout à fait urgence à débarrasser la maison de tout ce qui déborde, de tous ces objets de ma vie d'avant, les livres que j'aimais et qui maintenant me dégoûtent, les agendas anciens qui ne servent à rien qu'à faire une peine infinie, et les câbles électriques, et les téléphones périmés de Pablo, les vêtements qu'il ne met plus, il ne remarquera même pas qu'il n'a plus ses santiags en croco, pfiou, bon débarras, zou, ça fera sûrement un heureux. D'accord, les enfants cherchent parfois leurs sculptures de papier mâché et leurs poteries faites à l'école, alors je m'en veux, mais à peine, il ne faut pas qu'ils s'attachent, mon rôle est de les empêcher d'être trop sentimentaux, et si tout brûlait dans un incendie ? et si l'appart s'effondrait dans un tremblement de terre ? Je veux leur épargner les grands chagrins, voilà.

Alors quand la voisine a sonné, à 20 heures, en me disant faut faire quelque chose, c'est insupportable, vous ne vous rendez pas compte mais mon plafond va s'écrouler, au début j'ai dit je suis désolée, tout à coup fautive, tout à coup honteuse, et j'ai donc murmuré je suis désolée, c'est leur récré, encore une demi-heure, une petite demi-heure, et ils seront au lit. Sauf que là, elle a pensé qu'elle m'avait eue, elle a voulu en profiter et pousser son avantage, elle a fait un pas à l'intérieur et s'est penchée vers moi genre entre mères on se comprend, ou comme pour partager un secret entre femmes, beurk : c'est étonnant ces bruits, la nuit, comme si vous déplaciez vos meubles ou peut-être que vous faites tourner les tables ? C'est là que Paul a déboulé, tout nu, avec un slip sur la tête, en hurlant je suis Kirikou. Elle m'a regardée, plus du tout copine, et m'a dit écoutez vous pourriez les tenir quand même ces mioches. Alors je me suis braquée, non madame, je ne vais sûrement pas les tenir, car mes enfants, madame, ne sont pas des chiens. Et puis Pablo est arrivé, il préparait une sorte de triathlon je crois, je ne sais plus, je ne suis plus, il a un nouveau projet par mois en moyenne, là il était en tenue de cycliste, maillot sans manches, corsaire rembourré, cuissard, bonnet, manchettes, jambières et surchaussures, il y a un problème ? il a demandé sur le ton d'Alfred Jarry tonnant « qu'à cela ne tienne, môdame, nous vous en ferons d'autres » à la conne de voisine qui se plaignait qu'en tirant au pistolet dans son jardin il risquait de toucher l'un de ses enfants. Non non, a répondu notre voisine en déglutissant toute sa trouille. Et elle est repartie sans demander son reste, et elle ne nous embête plus, et j'élève mes enfants comme je veux.

13

La seule chose qui me gênait, au début, chez Pablo, c'était le vin. Il aimait aussi le foot, la corrida, Mahmoud Darwich, Pierre Goldman et *Faites entrer l'accusé*, mais ce qui m'embêtait c'était le vin à table, à l'apéro, en vacances, au restaurant, s'arrêter chez un caviste, s'extasier, oh la belle robe, humer en plongeant le nez de biais dans le verre, agiter, prendre une gorgée, bruit d'aspiration, faire passer le vin d'une joue à l'autre, claquer la langue, saliver, se gargariser, j'avais du mal à réprimer mes fous rires nerveux, je me pinçais, j'arrivais à me calmer, à me composer un visage sérieux, je feignais un intérêt poli et vague, histoire de ne pas le fâcher et plomber l'ambiance, juste une goutte s'il te plaît, hum ! je disais en faisant semblant d'apprécier, hum ! l'odeur affreuse du vin affreux qui déglingue qui déforme qui abîme et qui pue ! hum ! je répétais, en trempant mes lèvres et en ajoutant quelque chose au pif, beau potentiel, belle limpidité, quelle effervescence, et en espérant ne pas tomber trop à côté parce que j'étais amoureuse de toutes mes forces mais rien qu'en disant effervescence, ou beau potentiel, j'avais l'impression d'être au bord d'un précipice, l'angoisse prête à surgir et à me pousser dans le vide, l'angoisse venue du temps où le vin ça ne voulait pas dire qu'il y avait quelque chose à fêter, à célébrer ou même à enterrer, non, c'était juste du malheur, de la honte, de la dégueulasserie, des après-midi gâchés, avec maman, à notre retour de Kuala Lumpur, quand elle restait des heures dans les bistrots déserts à se saouler, sérieuse, appliquée, pourquoi ? pour dissoudre quoi ? pour échapper à qui ? je n'ai jamais bien compris, mais ce n'était pas très au point parce que c'est maman tout entière qui finissait par disparaître, aspirée dans le vin comme on tombe au fond d'un puits, et au bout de sa dizaine de verres il y avait toujours le même chagrin, et moi je pensais c'est ma faute, je n'ai pas dit ce qu'il fallait, je n'ai pas été assez gentille, assez câline, j'étais si contente de la voir, si contente de la retrouver, mais quand je l'ai vue là, comme ça, attablée dans ce bistrot crasseux, les lèvres violettes et les yeux fixes, eh bien ça m'a glacée. Je m'en veux de m'être arrêtée net à la porte du café. Je m'en veux du regard de reproche que j'ai dû lui lancer. Je me déteste d'avoir été cette sotte petite fille même pas capable de prendre soin de sa maman, et voilà, maintenant elle est très très fâchée.

Ou bien alors non, rien à voir, ce qui la contrarie c'est d'être obligée de m'attendre au bistrot depuis que la belle-mère du moment ne veut plus qu'elle monte chez nous, c'est ça, bien sûr que c'est ça qui la fâche et qui la pousse à boire, c'est la colère, la vengeance, elle veut punir la méchante belle-mère du moment. Un jour, plus tard, à la fin du règne de cette belle-mère-là, j'ai fait entrer maman à la maison, en douce, je savais qu'il n'y avait personne, regarde mon lit superposé, maman, regarde mes livres et mes dessins, regarde les jouets de mon frère qui n'est pas ton fils mais si tu savais comme je l'aime, c'est la personne que j'aime le plus au monde avec papa et toi, un amour grand comme le ciel, regarde la chambre de papa et de ses femmes qui changent tout le temps, regarde ma vie sans toi. Enfin, je ne dois pas lui dire les choses comme ça mais c'est ça qu'elle entend, et c'est ça qu'elle comprend, ses yeux ont un éclat bizarre, mi-chagrin mi-colère, des yeux terribles, des yeux de lionne aux aguets, un éclair de cruauté, couleur de glycine violette, est-ce qu'elle avait ces yeux-là quand elle faisait ses casses, ses hold-up qui ont fini par la faire aller en prison ? Au début, elle ne bouge pas. Elle ne touche à rien. C'est moi qui ouvre les tiroirs les placards les cachettes, vas-y, maman, sers-toi, prends, tout est à toi, tout est pour toi, c'est moi qui fais tomber des piles de vêtements, moi qui déplace les bibelots. Et puis, au bout d'un moment, lui vient un drôle de rire, essoufflé, assourdi, pas du tout le même que d'habitude, mais c'est quand même un rire et il faut pas le gâcher, alors je ris avec elle, et maman se décide à essayer le manteau en vison de la belle-mère du moment, fait beurk, s'en défait d'un coup d'épaule, le piétine, ouais, ouais, youpi, hume un parfum, grimace, le verse dans le lavabo d'un geste ample comme on sert le thé à la menthe, hahaha, bravo, ne trouve pas de cendrier, écrase son mégot sur la belle moquette blanche, ah, qu'est-ce qu'on rigole, et qu'est-ce que ça me fait du bien de la voir rigoler comme ça, et qu'est-ce que je vais prendre, dimanche soir, en rentrant, parce que même si je passe deux heures à réparer les dégâts, la belle-mère du moment flairera forcément le truc bizarre, mais tant pis, tant mieux, elle aura une raison valable d'être méchante, cette fois.

Est-ce que c'est pour ça ? Est-ce que c'est pour oublier que les belles-mères du moment ont gagné la partie que maman boit ? Non. C'est peut-être que je la déçois. C'est parce qu'elle n'aime pas ma frange, mon allure, mes lunettes. Je ne suis pas la petite fille qu'elle aurait voulu. Je ne sais pas l'aider. Je ne suis pas assez drôle, pas assez désinvolte. Pardon maman je regrette, pardon maman, c'est ma faute. Je ne sais pas de quoi, mais je suis désolée. Est-ce que je peux me jeter à ton cou ? te couvrir de bisous ? Même avec l'odeur de vinasse, ça fait rien l'odeur de vinasse, elle aussi je l'aime, je veux juste pouvoir t'embrasser pour te faire oublier tes soucis. Il faut que je vienne à son secours, que je l'égaye. Maman, tu m'as manqué. Maman, je vais peut-être avoir une nouvelle nouvelle belle-mère. C'est la directrice de mon école paternelle, heu, maternelle, enfin de quand j'étais petite, tu te souviens ? tu imagines ? papa avec la directrice ? Raconter des bêtises qui lui font plaisir, des mensonges qui d'habitude la font rire, mais non, pas aujourd'hui, elle redemande un pichet d'une voix poissée, elle ne dit rien d'autre, elle regarde fixement face à elle, le mur le miroir la porte des chiottes, quelque chose qui la pousse à rester assise et à boire cette saleté de vin.

Peut-être que ce n'est pas ma faute, après tout. Peut-être que c'était programmé, aujourd'hui je vois ma fille mais je me saoule quand même la gueule au bistrot, c'était prévu, c'est à prendre ou à laisser. Ou peut-être que ça lui a pris comme une envie de faire pipi, un désir plus fort qu'elle, une déferlante. Je voudrais être plus grande, plus forte, la lever de force de cette banquette, la raisonner, la sortir de là, la protéger, mais j'ai neuf ans, dix ans, onze ans, je n'ai pas les mots qu'il faut, ni la force qu'il faut, ni le courage de lui dire les idées qui passent dans ma tête. Alors j'attends le sursaut, le miracle, le allez minou y en a marre on s'en va. Quand je suis minou, c'est que tout va à peu près. Mais aujourd'hui il n'y a pas de minou, il y a ce regard morne de maman dans le vide, ce n'est plus ma maman. Cette maman-là me fait peur. Le vin dans son haleine, le vin sur ses dents, les yeux injectés de vin, le vin sur ses habits parce que ses mains tremblent et qu'elle s'en met partout et puis, surtout, quand elle renverse la tête en arrière sur la banquette, fixant le plafond, il y a cet horrible sourire à l'envers sur ses petites dents noircies, abîmées, qu'elle ne prend soudain plus la peine de cacher, et c'est tellement effrayant, ça, ces dents, ce renoncement.

Le sursaut c'est le serveur qui le donne, en refusant brusquement de remplir le verre, ou le patron devenant mauvais, grossier, parce que maman n'a pas assez d'argent pour régler la sale addition, alors je vais téléphoner dans la cabine en bas, près des toilettes, l'agenda de maman sur les genoux, allô bonjour c'est Louise à l'appareil, la fille d'Alice, est-ce que tu pourrais venir nous chercher, maman ne va pas bien du tout ? Parfois les gens me raccrochent au nez, parfois je n'ai plus de pièces, moi non plus, pour téléphoner, pour déranger d'autres gens. Un jour j'ai entendu maman, à côté, aux toilettes, enfermée, je l'ai entendue pleurer, mais pas le même pleur que d'habitude, un pleur animal, venu du ventre, maman ça va ? maman tu pleures ? maman tu m'ouvres ? Maman, après un long silence, a fini par me dire c'est rien, Louise, voix rocailleuse, venue du ventre elle aussi. Alors je suis retournée m'asseoir et j'ai attendu qu'elle revienne. Je me disais elle se remaquille, elle remet son beau rouge à lèvres, c'est pour ça que ça prend du temps, mais maman ne revenait pas, et je regardais ma montre toute neuve, cadeau de maman, elle m'avait offert une montre mais n'avait pas pris le temps de m'apprendre à lire l'heure, alors je me concentrais sur les chiffres, et puis j'ai entendu un remue-ménage effroyable et des coups contre une porte et quelqu'un vociférer fous le camp sale camée. J'avais déjà entendu ce mot, camée, dans la bouche d'une des belles-mères du moment et c'est un mot qui me tournait déjà dans la tête, qui me réveillait la nuit, qui me cognait certains jours dans les tempes. J'ai entendu maman crier aussi. Je n'avais jamais entendu maman crier comme ça, ce cri de bête, ce cri de boucherie. J'ai plaqué mes mains sur mes oreilles. Quand maman est revenue, elle avait du sang sur les mains et les habits. Je ne me rappelle rien d'autre. Fin du souvenir.

Le plus souvent, heureusement, on finissait par sortir, par s'en sortir – sans appeler papa qui, je le savais, n'aurait pas du tout aimé la situation et m'aurait reprise avec lui alors que je pensais que tout pouvait encore s'arranger, que j'allais l'aider, que je le pouvais. Et puis parfois maman se rappelait un billet de cent francs plié en quatre dans la doublure de son sac, ou bien peut-être que le patron avait pitié, ou un client nous aidait, je ne sais plus, ça dépendait, mais on arrivait à sortir de ce bistrot cafard qui était celui où on déjeunait, de temps en temps, avec papa, quand il venait la voir. Il était lumineux, ces jours-là, et bruyant, et plat du jour, et thé au citron, et au plaisir monsieur, et avec ça ma petite dame, en vous remerciant mademoiselle. Mais là, sans papa, ou quand ils n'avaient plus vu papa depuis longtemps, c'était différent, c'était sale, c'était glauque, même l'éclairage semblait changé. Donc on sortait du bistrot cafard, maman titubante et gémissante, moi très droite et importante, et on marchait et on marchait et on marchait à petits pas dans la nuit, vaillamment, à cette époque-là non plus je ne pleurais pas, peur sans doute de ne jamais pouvoir m'arrêter et de me noyer, comme maintenant, et puis, au fur et à mesure et la marche aidant, maman commençait à dessaouler, et quand on était presque arrivées elle disait ouh là là je crois que j'ai fait pipi dans ma culotte, et un grand rire montait en elle, le bon rire de maman, un rire frais qui partait de la gorge et explosait dans ses yeux et plissait tout son visage et la délivrait de l'alcool et m'éclaboussait, et on riait ensemble, on riait on riait on riait comme deux ivrognes, clopin-clopant, trébuchantes, ivres de rire et de complicité retrouvée, nous moquant des passants effrayés, et puis au matin ça allait bien, maman était redevenue maman, elle sentait le savon et le tabac blond et j'étais son chat, et elle me regardait avec des étoiles dans les yeux, et elle souriait avec ce drôle de sourire gingival qui a toujours été son sourire même quand ses dents n'étaient pas encore abîmées et qui l'est resté même après que papa lui en a offert de nouvelles, le prix d'un bras, il m'a dit, et je ne savais pas trop si c'était très cher ou pas, un bras, mais même avec ces nouvelles dents elle ne riait jamais complètement, toujours la main devant la bouche, ou le visage tourné, baissé, levé, ou les lèvres serrées, ses rires étaient furtifs, des gloussements, des hoquets, des secousses, tout le contraire de moi qui n'ai pas de bonnes dents non plus, hein, pas de quoi pavoiser, pourtant mes rires sont tellement énormes qu'ils découvrent les gencives la glotte les amygdales les molaires, j'aimerais bien avoir un joli rire féminin et discret, des petits grelots, mais non, même pour ça je n'arrive pas à ressembler à maman.

Le vin de Pablo fait lui aussi provisoirement les lèvres violettes et les dents noires, mais il rend loquace, drôle, extraverti, tendre, son vin à lui rend tout plus vivant, même nos enfants le sentent, ça ne leur a jamais posé de problème de voir leur père, et les copains de leur père, boire une bonne bouteille et bien rigoler, le vrai problème, c'est pas le vin, c'est le malheur.

14

Quand Pablo n'est pas là, je me sens abandonnée et je perds un peu les pédales. Je me lève en retard, furieuse, excédée, je me sens une coupable paresseuse petite conne, je me le dis, tu es une coupable paresseuse petite conne, j'entends les enfants jouer dans la cuisine, ils n'ont même pas eu besoin de moi, ils n'ont même pas réclamé leur petit-déj, je vais mettre mes lentilles, enfin j'en mets une et j'entends Angèle prononcer le mot cocktail, servez-moi un cocktail mon capitaine, qu'est-ce que c'est que cette histoire, j'entre dans la cuisine, Angèle s'est hissée sur un tabouret, jambes croisées très haut, un cure-dents à la main en guise de cigarette, et Paul passe devant elle avec un plateau chargé de gobelets remplis d'un liquide bizarre, voilà vot' super cotel madame Cacaprout. C'est un jeu, juste un jeu, mais il doit bien y avoir un moment où j'ai fait une connerie, où je me suis plantée, je me dis, pour qu'ils jouent à un jeu pareil.

Paul me voit, il lâche le plateau et réclame son lait, bien sûr chéri, je te le prépare tout de suite, mais il faut d'abord que je nettoie par terre, regarde ce que tu as renversé, et puis oh là là on va changer ce pantalon de pyjama trempé, mon lait mon lait mon lait, crie Paul, je soupire, je mets du lait à chauffer dans une casserole puis je l'emmène dans sa chambre et je m'emmêle les pinceaux avec les bas de pyjama parce que je ne suis encore qu'à moitié lentillée, monlait-monlaitmonlait, crie Paul à tue-tête, il a raison, il est 10 heures, quelle honte, pourquoi n'ai-je pas entendu le réveil, j'ai envie de pleurer tellement j'ai honte, mais il ne faut à aucun prix pleurer devant lui, quand maman pleurait c'était comme si le monde entier pleurait avec elle et le sol s'ouvrait sous mes pieds, oui oui oui, je lui réponds, mais Angèle nous a rejoints et c'est elle qui pleure, elle a glissé dans la cuisine, normal, tout ce bordel, mais voilà qu'elle saigne du nez et c'est ça qui la fait pleurer, Paul hurle veux pas qu'Angèle meure veux pas qu'Angèle meure, ça m'énerve, j'ai envie de shooter pour me calmer, un bon coup de pied dans quelque chose, n'importe quoi, la casserole, un jouet, le bas de pyjama, je me retiens, je les prends tous les deux dans mes bras, on va dans la salle de bains, je cherche la ouate hémostatique, je ne la trouve pas, je les pose, nous sommes tous les trois dégoulinants du sang d'Angèle, une flaque se forme sur le parquet, qu'est-ce qui nous a pris de mettre du parquet dans la salle de bains, si je n'essuie pas le sang tout de suite ça va s'infiltrer ça ne partira jamais, mais où est cette foutue ouate hémostatique, je prends le sopalin, moi aussi je saignais du nez quand j'avais votre âge, les enfants, c'est rien du tout, non, chérie ne mets pas ta tête en arrière, je leur explique que le sang d'Angèle est très rouge, que ça veut dire qu'elle est en très bonne santé, je me demande ce que je suis en train de raconter, de quel tiroir je tire une idée pareille, puis je me rappelle que c'est une phrase de maman, une de ses phrases toutes faites qu'elle me servait quand j'étais petite, timbre savant, mine sérieuse, coupe les pointes de tes cheveux ça les renforce, mange ton yaourt nature pour te déshabituer du goût sucré, ne croise pas les jambes ça donne de la cellulite, fume de la main gauche au cas où un homme te ferait le baisemain, change de Tampax toutes les heures, j'avais quoi ? Six ans ? de toute façon je n'écoutais pas vraiment ses conseils, ce qu'elle m'a appris c'est plutôt, comme d'habitude, comme tout le monde, des choses qu'on se transmet sans le vouloir, par exemple qu'on est toujours quittée et qu'on ne s'en remet jamais, ou que les mères sont des foldingues qui vous refilent leurs névroses en douce, j'enfonce une mèche roulée dans la narine d'Angèle, elle s'imbibe de sang en une seconde, je lui en mets une autre, plus serrée, trop profond, ça lui fait mal, elle pleure, elle geint mais maman quand est-ce que j'aurai moi aussi des tétés comme toi, je me rends compte que je suis toute nue, que ce n'est pas convenable devant les enfants, que je détestais voir maman à poil toute la journée comme un petit animal, je m'enroule dans une serviette, Paul dit que lui aussi il veut des tétés comme moi et un mouchoir dans le nez comme Angèle, j'ai à nouveau envie de pleurer, appuie sur ta narine, chérie, je dis d'une voix blanche à Angèle et j'emmène Paul dans la cuisine, évidemment le lait n'est plus dans la casserole, il a débordé partout, la casserole est cramée, Angèle arrive, elle ne saigne plus, je les installe à table avec chacun un Candy'Up et un biscuit, petite accalmie, ils boivent leur lait goulûment, je les regarde, leur peau douce, leurs cheveux en bataille, leur totale absence de cynisme, leur joie solide et sans sous-entendu, je les trouve tellement parfaits que ça me rend triste, zut, voilà la sale tristesse qui revient, je suis triste du jour où ils seront moins gais, je voudrais les y préparer, leur inoculer de la tristesse à petites doses, à l'homéopathie, je voudrais les vacciner contre la vie, les mithridatiser contre le chagrin, alors je leur passe *Bambi* en boucle sur le lecteur DVD avec la mort de la maman, *Le Roi lion* avec la mort du papa, ça va les désensibiliser, c'est comme des super-défenses immunitaires que je leur donne, comme ça quand ils seront confrontés à un vrai deuil ça ne leur fera ni chaud ni froid, ils auront une idée de comment on fait face, de comment on réagit, de comment on gère, de combien de temps ça dure, moi je crois que ça dure toute la vie mais j'ai peut-être été mal préparée, et puis je les laisse écouter les infos avec moi le matin, je veux qu'ils se blindent, qu'ils s'endurcissent, je leur parle de la Shoah, je leur dis qu'il ne faut pas trop faire confiance aux gens, les gens sont méchants, ah bon toi aussi tu es méchante, maman ? oui, ça peut m'arriver ! et nous, maman, on est méchants ? non, vous, vous n'êtes pas méchants, mais vous avez le droit de l'être de temps en temps avec ceux qui vous font du mal, mais qui nous fait du mal, maman ? personne pour le moment mais ça pourrait arriver, ah bon ? quand ? n'importe quand, n'importe quand : évidemment après je regrette, je m'en veux, je me dis que je suis bornée, pas normale, obsédée, désaxée, mais rien ne semble entamer leur gaieté, car juste après le cours traumatisant sur la Shoah ils se poursuivent en riant d'une pièce à l'autre et ça me bouleverse presque plus que si je les voyais super tristes.

Peut-être que tous les enfants sont comme ça, peut-être que jusqu'à dix ou douze ans la gaieté est inébranlable, moi aussi je devais courir et rire, de toute façon je sais bien qu'ils ne servent pas à grand-chose, mes cours de méchanceté, qu'ils ne sont pas suffisants, le malheur est plus malin, il innove, il surprend, il prend toujours de court, peut-être qu'il faut que je les protège encore plus, mais comment, et est-ce que ça ne risque pas de les affaiblir au contraire, et de les rendre super vulnérables ? Oh là là j'ai envie de me recoucher tout à coup, de dormir tout mon saoul, je sais bien que quand je me réveille c'est pire qu'avant, enfin c'est pareil donc c'est pire, grosse déception de n'être pas changée en chat ou en Casimir et déchargée des responsabilités et des choix à faire et des décisions à prendre, et en plus maman est toujours morte, mais tant pis, j'ai envie de dormir une vie entière, je croise souvent une clocharde, près de chez moi, grande, forte, sans âge, toujours très occupée à brosser une plaque d'égout, ou à désinfecter un bout de trottoir, ou à récurer les montants d'une poubelle, elle-même est d'une saleté impressionnante, elle a de grandes traces noires sur le visage, les cheveux collés, les ongles vernis de crasse, peut-être que laver le monde lui donne l'impression de laver son cœur, ou son âme, ou ses souvenirs, je ne sais pas, elle est imperméable à toute tentative de conversation, les gens autour d'elle n'existent pas, même ceux qui, comme moi, s'arrêtent pour l'observer ou essayer de lui parler, parfois je me dis voilà, c'est un miroir, c'est moi dans trente ans, elle est ce que je vais devenir si je ne fais pas attention, si je laisse la tristesse revenir, s'installer, m'emmener jusqu'au dernier degré de la dépression : folle.

J'ai toujours évité les miroirs, même en me brossant les dents, parce que chaque fois mon reflet me surprend, m'agresse, chaque fois je suis découragée de ne pas être plus jolie – comme si c'était ça le problème. C'est un week-end d'été, une maison de location, j'ai huit ou neuf ans, l'âge d'Angèle aujourd'hui, je passe l'après-midi dans l'eau de la piscine, à sauter et plonger et m'inventer des histoires, la vie est chouette, et puis la nouvelle fiancée de mon père vient s'asseoir sur la margelle avec sa toute petite fille dans ses bras, alors je m'approche, la toute petite fille est très mignonne et la fiancée très belle, pas belle du tout comme maman mais belle quand même, un genre de beauté intimidante, précise, avec tout plein d'angles partout, et elle se met à enduire sa fille de crème solaire. Comme j'assiste à la scène, la fiancée me demande en tournant vers moi un visage hostile elle t'en met, ta mère, de la crème solaire ? Parfois, je dis. Bon, mais elle est pas là, ta mère, hein ? Et puis c'est trop tard, ça ne sert plus à rien, dans vingt ans tu seras un petit pruneau, hahaha. Son rire fait étinceler ses dents dans le soleil comme des minuscules couteaux, et je retourne nager, un peu moins gaie mais à peine, et puis en vrai je ne me souviens pas de ma mère me mettant ou non de la crème solaire, et je n'ai pas non plus super envie de laisser de grandes traces luisantes dans l'eau comme une des amies de mon père qui va toujours se baigner après s'être consciencieusement enduit le corps de monoï, avec mon frère on l'appelle en rigolant Mimi Cracra, je suis juste un peu surprise par le ton bêtement prophétique de la fiancée du moment, et par son rire moqueur, presque méchant, mais bon, je ne vais pas la laisser gâter ma journée, mon père est un peu plus loin, dans la maison, en train de travailler, je peux passer le voir quand je veux, il a bien insisté là-dessus, tu ne me déranges jamais, Louise, c'est un principe, c'est vrai qu'il a toujours l'air content de me voir, même quand il est très occupé, d'ailleurs il est toujours très occupé, mais en même temps toujours très disponible, oui, tout va bien, et puis dans deux mois la fiancée du moment ne sera plus là, remplacée par une autre, encore plus belle, encore plus originale dans sa manière de m'emmerder, alors je me remets à sauter, nager, plonger, faire rigoler la petite fille avec des grimaces et des pitreries, et puis la fiancée du moment, qui s'applique à mitrailler sa fille avec son appareil photo, me crie tout à coup mais fais un peu attention, merde, t'as failli être sur la photo !

Là, elle a réussi, ma journée est gâchée. Je vais m'asseoir sur le bord d'un transat, j'attends que la séance se termine, un peu assommée. J'ai. Failli. Être. Sur la photo. Le soir, dans mon lit, je me rejoue la scène, je me donne le rôle de l'insolente, de la frondeuse, je m'imagine remettant la fiancée du moment à sa place, trouvant la phrase qui tue, qui lui cloue le bec, mais j'ai beau me creuser la tête, même l'esprit d'escalier je ne l'ai pas, à part des flopées d'insultes rien ne me vient, je n'ai jamais eu de repartie, même aujourd'hui, trente ans après, je ne trouve pas. Et puis, contre toute attente, la fiancée est restée l'automne, puis l'hiver, et l'été suivant elle était encore là et moi, à partir de cette fiancée, sur toutes mes photos d'enfance, pour Noël, pour mon anniversaire ou celui de mon frère, j'aurais cette même attitude, la tête tassée entre les épaules relevées comme pour parer les coups, pas les vrais coups bien sûr, les coups des mots de cette belle-mère, de ses piques quotidiennes, de ses perfidies toujours bien senties, le dos arrondi pour me faire plus petite et essayer de disparaître.

15

Un jour elle a décidé de me couper les cheveux, que je portais longs jusqu'aux fesses, comme maman, c'est pour cette raison-là d'ailleurs qu'elle insiste pour me les couper, pour montrer à tout le monde qu'elle ne nous aime pas, moi, mes cheveux, ma mère, que les gens soient bien au courant, qu'il n'y ait aucun doute là-dessus. Elle s'occupera elle-même de ma nouvelle coiffure, un carré très court avec une frange, elle s'y reprendra tous les deux mois, c'est une faveur qu'elle me fera, toucher mon front, mes cheveux, tirer sur mes nœuds, me mettre la tête bien au carré. D'ailleurs c'est moi très vite qui viendrai la voir, soumise, avec ma paire de ciseaux, parce que je suis contente qu'elle s'occupe de moi, même pour une coupe de cheveux que j'ai en horreur.

Je sentais qu'elle ne m'aimait pas. C'était en même temps difficile à comprendre, pour l'enfant que j'étais, de ne pas être aimée. Je me disais que ça avait quelque chose à voir avec ma mère, avec le fait que j'étais sa fille tout le temps, en permanence, quand j'entrais dans une pièce ma mère entrait avec moi, et quand je souriais, et dans toutes mes mimiques, et dans mes gestes, maman était avec moi et c'est sûrement ça qui devait l'agacer, cette belle-mère du moment, et les précédentes aussi, qui n'étaient que de passage. Mais je sentais également que ça avait à voir avec moi, avec ce que j'étais moi, Louise, qu'elles n'aimaient pas, qui ne leur revenait pas. Et malgré l'amour infaillible de mon père, de ma grand-mère, de mon frère, malgré l'amour bizarre et à éclipses mais tout aussi infaillible de ma mère, le non-amour flagrant de ces belles-mères reste aujourd'hui encore une petite blessure.

C'est si facile, pourtant, d'aimer un enfant, il suffit de se laisser aller, non ? En tout cas, c'est vers la fin du règne de cette belle-mère qu'une période assez pénible a commencé. Je m'en souviens mal, c'est vieux, c'est loin, un peu fondu, un peu moche, c'est comme si je regardais derrière moi par le mauvais bout d'une longue-vue, je revois mon horrible coupe de cheveux, mon corps maigrichon, mes épaisses lunettes de myope, mes vêtements ringards que la belle-mère bientôt déchue choisissait trop grands d'une taille ou deux sur le catalogue des 3 Suisses pour pas s'emmerder trop souvent, j'avais pas une allure géniale, mais ça ne me semblait pas grave, je venais d'entrer au collège, je ne faisais pas encore attention à mon apparence, et puis j'étais gaie, de bonne humeur, j'avais quand même des tas de bonnes raisons d'être contente. Et puis un jour je me suis disputée avec ma super-copine Yasna, parce que je lui en voulais de changer, de grandir plus vite que moi, de se rapprocher de filles plus stylées, plus valorisantes, des arrogantes, des frimeuses. Papa, sentant que je ne faisais probablement pas partie des filles flamboyantes, et que j'en souffrais peut-être, me racontait souvent que les frimeurs, les stylés et les arrogants de sa classe, quand il avait mon âge, étaient devenus des adultes tristes, et que l'important c'était de travailler, de lire, d'emmagasiner le plus de savoir possible, et rira bien qui rira le dernier. Je savais qu'il avait raison, mais quand je me suis retrouvée seule, au milieu de la sixième, alors que les clans s'étaient déjà formés, ça ne m'a plus beaucoup consolée. Et puis j'ai reçu la seule et unique gifle de ma vie, une gifle de la belle-mère me reprochant, un dimanche soir à mon retour de chez maman, d'avoir emporté mon plus beau maillot de bain en week-end, oui, je crois que c'est ça, c'est une histoire absurde de maillot de bain que j'aurais dû réserver pour une autre occasion, je ne sais plus laquelle, mais je me suis dit voilà, ça y est, on en est là.

Et puis tout s'est enchaîné, pendant quelques

semaines pas drôles où, alors que j'étais imprégnée de la méchanceté de la belle-mère et de sa gifle, les filles de la nouvelle bande de Yasna m'ont, je ne sais plus dans quel ordre, baissé le pantalon de jogging au milieu de la cour, tendu des crocs-en-jambe, piqué mon cartable, tiré les cheveux, poussée dans les escaliers, cassé les lunettes, attachée à ma chaise avec l'élastique de mon K-Way, insultée. Je ne crois pas que j'avais mérité la gifle, à la maison. Je n'avais pas non plus mérité les humiliations au collège, mais j'avais dans l'idée que c'était la gifle à la maison qui avait rendu possibles les humiliations au collège, c'est la loi des dominos je me disais en faisant le gros dos sous les moqueries, les hennissements et les rires en cascade, et en attendant que ça passe, qu'elles changent de cible, qu'elles m'oublient.

Je n'en parlais à personne bien sûr, j'avais trop honte, je me dégoûtais, je restais assise sur mon lit à compter des heures qui duraient des mois. Mon père a fini par rentrer de voyage (les Afghans ? les Ingouches ? les Kosovars ? je ne sais plus) et il a tout de suite vu que quelque chose avait changé, quelque chose qui lui a sauté aux yeux même s'il est très myope et même si je les baissais, moi, les yeux, devant lui, parce que je ne pouvais pas le regarder, je n'osais pas, je me sentais salie à l'intérieur et je savais que ça se voyait sur mon visage, la gifle, et les brimades, et la culpabilité de les avoir acceptées sans rien dire, je n'ai même pas eu besoin de raconter, d'expliquer, il a tout vu tout de suite, il a immédiatement compris ce que je ne lui disais pas, le voilà d'ailleurs qui passe des coups de fil, qui organise des rendez-vous, qui s'affaire, je le revois au collège, la mine sévère, entrant, le pas décidé, dans le bureau de la conseillère principale où s'étaient engouffrés avant lui les parents des deux ou trois filles les plus venimeuses, et puis ç'a été fini, miraculeusement et absolument fini.

Coïncidence, il a rencontré une nouvelle femme, une bienveillante cette fois, un conte de fées, une qui me demandait ce qui me ferait plaisir de manger pour le dîner, qui m'emmenait acheter des robes, qui me disait des choses gentilles, sans ironie ni sarcasme, qui voulait connaître mes amis, ma mère, qui m'incluait dans sa vie comme si c'était naturel et que ça lui faisait plaisir, je n'ai pas su tout de suite lui faire confiance, je me méfiais de sa douceur, j'avais trop pris l'habitude du cynisme et de la duplicité, elle est arrivée à temps, je crois, pour m'empêcher de devenir une adulte méchante.

Ce qui m'apparaît très nettement, c'est ce jour où, juste avant de disparaître pour toujours de ma vie, l'avant-dernière belle-mère, sur son lit, m'a convoquée pour m'apprendre que si j'avais été victime de ce harcèlement au collège, c'était à cause de ma tête à claques, bien sûr, mais surtout de ma mère. Dis-moi, Louise (elle m'appelait rarement Louise, et d'ailleurs je n'aimais pas ça parce qu'elle s'attardait sur le *i* et que ça lui tordait la bouche comme si c'était un mot dégoûtant), tu ne te demandes pas ce qui, en toi, a favorisé ce phénomène… ? je veux dire, tu n'as pas envie de savoir quelle part de toi a suscité le besoin, chez tes camarades, de s'en prendre à toi ? moi ça ne me surprend pas, mais toi, qu'est-ce que tu en penses, toi ? hé ho ? y a quelqu'un ? tu écoutes ce que je te dis ou ça t'entre par une oreille pour sortir par l'autre ? ah non ! ne me ressers pas ta tête d'ahurie ! mais regarde-toi ! c'est quoi cette mine de victime que tu prends chaque fois que je tente d'engager la conversation et de t'aider ! Ce jour-là, comme les autres, j'espérais que ce serait bref, je me demandais à quel moment elle en aurait assez, à quel moment elle serait fatiguée, à quel moment elle serait arrivée au bout du bout de son fiel et puis tout à coup, comme elle se penchait vers moi, me saisissait par les épaules et me tournait vers le miroir en pied face au grand lit, c'est là, en regardant son reflet à elle, avec ses doigts secs plantés sur mes épaules comme des serres, que j'ai compris. Compris, comprendre, prise de conscience, j'ai compris, oui, et ça m'a fait frissonner comme si quelqu'un venait d'ouvrir la fenêtre, que c'est maman qu'elle voulait atteindre à travers moi, et c'est parce qu'elle n'y arrivait pas qu'elle essayait de la punir en faisant de moi une enfant triste et craintive.

La belle-mère bientôt déchue continuait de soliloquer, ta mère ta mère ta mère. Et moi je ne regardais plus que ses incisives, petites, pointues, et j'ai laissé grandir en moi ce que je sentais confusément depuis toujours mais qui était d'une évidence tellement vulgaire, tellement bête, que je n'osais pas tout à fait le penser, encore moins le formuler. Sa méchanceté n'était pas du tout, du tout, une forme sophistiquée de son affection et ce n'était pas du tout, du tout, mieux que rien, comme je l'avais longtemps pensé. On ne choisit pas ses parents, sa famille, sa mère, elle n'arrêtait pas de dire avec un soupir navré. Hélas, hélas, c'est une fatalité, elle insistait avec des airs apitoyés. Et moi à cet instant, et pour la première fois, j'ai pensé que si, on pouvait, qu'en tout cas moi j'avais choisi, et malgré le lavage de cerveau, malgré ma complaisance, parfois, à jouer mon rôle de petite victime, et malgré maman qui faisait de son mieux, souvent, pour que je me détourne d'elle, j'avais choisi, c'était clair, et c'était elle que je détestais.

Je me suis un peu redressée, imperceptiblement dévoûtée, et je l'ai laissée une dernière fois me lancer ses couteaux l'un après l'autre après l'autre après l'autre en essayant d'atteindre mon cœur, bonniche bretonne, traînée, souillon, sida, clodo, micheton, putain, gagne-pain, camée, couper les ponts, mais ça n'avait plus tellement d'importance, sa voix résonnait dans le vide, ses mots rebondissaient sur moi et formaient une bouillie dégueulasse, on peut savoir pourquoi tu souris ? elle a dit, de quoi tu te réjouis, hein ? t'es contente, peut-être ? mais contente de quoi ? de ta petite vie ? de toi ? de ta môman ? t'arrives pas à l'entendre, ça, qu'on ait envie de claquer quelqu'un qui a l'air content quand y a aucune raison de l'être ? moi je les comprends ces gosses, elles ont flairé le bon souffre-douleur, elles l'ont bien repéré, demande-toi un peu pourquoi c'est sur toi que c'est tombé, c'est dans ton intérêt que je dis ça, hein, oh et puis merde, je me demande pourquoi je perds mon temps, ouste, j'en ai plus que marre de voir ta gueule, va-t'en.

Je l'ai revue, cette belle-mère, bien plus tard, elle est montée dans le bus qui me ramenait du bureau, elle a lancé autour d'elle des regards féroces, les mêmes qu'avant, exactement les mêmes, c'est à ça que je l'ai reconnue, ça au moins ça n'avait pas bougé, elle s'est assise en face de moi, courbée en deux à cause du manteau de fourrure trop lourd que maman avait piétiné. Sauve qui peut je me suis dit, mais je ne pouvais plus bouger, j'étais vissée à mon siège, paralysée comme quand j'étais petite, inerte comme les chats quand on les attrape par la peau du cou, je l'ai regardée, quelque chose dans son visage s'était affaissé qu'elle avait essayé de remonter avec une énorme quantité de blush orange posée à l'oblique sur les pommettes, ses longs cheveux parsemés de fils gris semblaient rêches et mousseux, j'entendais mon cœur battre à toute allure, très loin, très vite, dilatation contraction, dilatation contraction, boum boum, boum boum, se pouvait-il qu'elle me fasse peur, encore, à mon âge ? ou bien c'était autre chose, une émotion, une colère qui arrivait, l'envie de me venger ? Ce n'était pas de la haine, je ne me permettais pas d'en éprouver quand j'étais petite, c'était un sentiment pour les forts et moi ça m'aurait anéantie, et là non plus, vingt ans après, ce n'est toujours pas ce que j'éprouvais, alors quoi ? Est-ce que j'avais effectivement fini par m'attacher à elle ? Mais est-ce qu'on peut s'attacher à quelqu'un par la crainte qu'il vous inspire ? Et pourquoi ?

Elle parlait au téléphone, entre ses dents, et puis ses yeux noirs, presque mats, se sont arrêtés sur moi et elle m'a sans doute reconnue parce qu'un de ses sourcils est resté levé, longtemps, comme un point d'interrogation de bande dessinée, et je me suis sentie me tasser, me recroqueviller, mais moi non plus je n'ai pas lâché ses yeux, et j'ai pensé – mais est-ce que je l'ai pensé ou est-ce que je l'ai dit ? – alors, c'est qui, maintenant, le petit pruneau ? Elle a chassé une mouche imaginaire d'un revers de main et elle s'est mise debout pile au moment où le conducteur freinait ; en la retenant pour l'empêcher de me tomber dessus, j'ai retrouvé son parfum trop fruité d'autrefois, j'ai senti ses os frêles, coupants, et je me suis dit que décidément le problème avec la méchanceté, la méchanceté pure, totale, c'est que ça n'a rien à voir ni avec la force, ni avec le courage, ni avec l'humour ou l'intelligence, c'est une maladie sans traitement, sans médicament, ça ne s'atténue pas avec l'âge ou avec les épreuves ou les joies de la vie, non, on ne peut rien y faire, c'est comme le désespoir, ça finit par se retourner contre vous et par vous bouffer de l'intérieur.

16

Quand mon père et cette belle-mère se sont séparés, ma première décision a concerné mes cheveux : les laisser tranquilles.

À partir de là, j'ai attendu, je me suis dit ils vont pousser, retrouver la longueur de mon enfance, je vais avoir les mêmes beaux cheveux mordorés que maman, mais ils étaient usés, filasse, ils m'arrivaient aux omoplates et ne parvenaient pas à aller plus loin, c'est fini je me disais, ils ne pousseront jamais comme je voudrais, j'attendais encore, je savais que ce n'était pas la bonne méthode mais j'attendais quand même, si quelqu'un, une copine, une collègue de bureau, Pablo, me disait tiens tu te coupes jamais les cheveux, je prenais ça pour une attaque personnelle, une offense, une perfidie, et puis voilà que je tombe enceinte d'Angèle et qu'ils se mettent à pousser à toute allure.

Et ce n'est pas le seul miracle. Pour la première fois aussi depuis le tu seras un petit pruneau et t'as failli être sur la photo, je me trouve intéressante à regarder, avec ce ventre lisse et tendu qui n'a pas du tout l'air d'être à moi, qui a l'air d'appartenir à quelqu'un de très occupé avec une vie bien remplie, des projets d'avenir, de l'ambition. Je ne me dis pas ah super j'appartiens à cette communauté de femmes, à ce chapelet de milliards de milliards de femmes enceintes qui m'ont précédée, non ce n'est pas ça du tout que je me dis, j'ai l'impression que ma grossesse à moi est spéciale, unique, que personne au monde ne porte un enfant comme moi, aussi bien que moi, avec autant de fierté que moi, d'ailleurs ce n'est pas moi qui porte mon futur enfant, c'est lui qui me porte, me soulève, m'élève comme un ballon à l'hélium, une montgolfière, c'est lui qui me guide vers une vie nouvelle, ritualisée, concrète, une vie de famille de publicité, tous contents au petit-déjeuner, et je suis fière, si fière d'être enceinte, comme toutes les femmes sans doute qui l'ont choisi, sauf que moi j'ai l'impression d'avoir inventé le concept, je me cambre devant le miroir, mains sur les hanches, ventre en avant, conquérante, vivante, méconnaissable – elles en resteraient babas, mes belles-mères du moment d'autrefois.

Pour la première fois depuis mes neuf ans j'aime les miroirs, je pose volontiers pour des photos, je trouve que c'est harmonieux toutes ces courbes, ça change, on ne dirait plus que je suis moi, ou alors si, mais moi en mieux, en pleine, en terminée. Et puis voilà qu'au déjeuner, mon père m'a dit ah mais c'est vrai que tu as grossi, et puis il a ri, comme s'il y avait de quoi, comme si je portais un déguisement rigolo, et mon frère a pris ma défense, elle n'a pas grossi elle est enceinte, mais je n'ai pas besoin d'être défendue pour une fois, d'abord je ne trouve pas que j'aie grossi, je me trouve épanouie, et puis c'est chouette que le ventre prenne toute la place, je pourrai bientôt me cacher derrière. Et puis, et ça aussi c'est très nouveau, et ça non plus ça ne durera pas, je trouve la vie amusante et légère, je suis euphorique, branchée en permanence sur une bonbonne de gaz hilarant, tout est formidable, j'ai pas entendu le réveil sonner c'est marrant, super je mange un Kiri, génial il pleut, je suis une imbécile enchantée, une idiote crispante, comme ce chimpanzé articulé que j'ai vu dans un magasin de jouets et qui se roule par terre avec un rire atroce dès qu'on lui touche l'oreille, non, le ventre, tiens.

Je ressens même, par moments, j'ai un peu honte de l'avouer, un horrible sentiment de puissance. Même la visite toutes les deux semaines chez le médecin me fait bien plaisir, comme si j'étais malade mais que cette fois j'en avais le droit, et toutes ces prises de sang, ces précautions, ces recommandations, ces vérifications, comme si, en plus, j'étais très précieuse, bon, ces visites j'en saute quand même une sur deux, sans le faire vraiment exprès, peut-être parce que avec ma mère enfermée à l'hôpital et inguérissable, ça ne se dit pas inguérissable, on dit quoi déjà, incurable ? avec ma mère branchée à plein de machines et incurable, j'ai cessé de prendre les médecins pour des magiciens et les médicaments pour des potions magiques, et puis avec cette vie toute neuve qui pousse dans mon ventre pendant que la vie glorieuse et minuscule de maman est en train de foutre le camp, c'est vrai que je ne crois plus à grand-chose d'autre qu'aux miracles, et est-ce que ce n'est pas un peu un miracle ce ventre qui grossit à vue d'œil, ce tour de passe-passe, ce troc, une mère contre une fille, une fille en échange d'une mère ? Sans vouloir me vanter il y a de quoi perdre la boule, je trouve. Alors je reste bien calée sur mon nuage, à l'abri du malheur, je ne laisse rien ni personne entamer mon sentiment abruti de plénitude, même pas ma mère en train de mourir, là, à côté de moi, dans ce pavillon où les femmes viennent aussi pour accoucher, où la naissance et la mort se tutoient, se mélangent, si c'est pas à rendre dingue, ça aussi.

À l'hôpital, tout le monde semble aimer ma gaieté, veut toucher ce ventre prodigieux, phénoménal, qui me précède partout, qui aimante les regards et les félicitations et les bravos, ah mais ce ventre est magnifique, madame, il est absolument énorme, madame, bravo, bravos, quelle merveille, eux aussi, les gens, semblent le trouver spécial, pas normal, et moi, à cet instant, je ne pense ni à maman ni même à mon futur enfant, il n'y a plus de futur, il n'y a que le présent de ce gros ventre, cet emballage, ce cadeau, il n'y a que ce présent tout à moi et dont j'ai l'impression, pour la première fois, que de mon passé, de notre passé, de ce passé pathétique qu'on partage maman et moi, il va faire table rase.

Cet état n'a pas duré, évidemment, il a vite été remplacé par un sentiment de terreur, de panique générale. Et puis, je ne le savais pas, mais le chagrin est patient, il peut rester tapi des mois, des années, avant de revenir et de tout recouvrir. Quand je suis tombée enceinte de Paul, je ne sais pas si c'est exactement ce qu'on appelle de la tristesse, mais j'ai été terrassée par quelque chose de très puissant, des colères, des envies de crier, des révoltes contre les autres et contre moi-même, et puis des crampes dans les jambes et les pieds qui me tétanisaient et me laissaient épuisée. Je préférais mille fois la béatitude obscène d'avant, mais comme ce n'était pas le moment de tester de nouveaux médicaments je suis allée voir un acupuncteur, on m'avait dit un génie, un qui décèle et qui guérit tout, il m'a reçue dans un salon enfumé, j'ai dit bonjour je viens de la part de, il m'a fait chut avec le doigt, m'a entraînée dans une pièce sombre, m'a pris le pouls en levant les yeux au plafond, m'a désigné un gros divan posé au milieu de la pièce comme un radeau, je l'ai escaladé en soufflant comme un phoque parce que je manquais d'air avec ce ventre que je trouvais cette fois trop encombrant, il m'a dévisagée deux minutes, de très près, avec un air courroucé, et il a grommelé un truc vague, comme une formule sacrée, avant d'éteindre la lumière et de tourner les talons.

Je suis restée là quelques instants, essayant de m'habituer à la pénombre, aux murs rouge sang qui maintenant paraissaient gris, à l'odeur aigre qui flottait, je me suis dit ouh là là j'ai le mal de mer, et ça m'a fait rire, c'était la première fois que je riais depuis le début de cette deuxième grossesse, c'est génial l'acupuncture j'ai pensé, et puis je me suis assise, la tête me tournait, je me suis demandé ce que je faisais là, j'ai pris cinquante euros dans mon sac que j'ai posés sur un guéridon et je suis sortie. C'est en m'approchant d'un miroir taché d'humidité dans l'entrée que j'ai vu cinq longues aiguilles plantées dans mon front. J'ai entendu un cri, le mien peut-être, ou celui de l'acupuncteur surgi de je ne sais où, il m'a engueulée en chinois, m'a reconduite dans la petite pièce où il m'a rehissée sur le radeau avant de m'épingler une dizaine d'autres aiguilles que j'ai vraiment senties passer, cette fois, il m'a dit pas bouger pas bouger d'un ton menaçant et il est reparti. Pas bouger pas bouger, okay, mais j'avais horriblement envie de me gratter, un cheveu sur la joue qui me démangeait, et puis cette impression d'être énorme, écrasée par mon ventre de mammifère, mes grosses mamelles dégoûtantes, et puis mon téléphone s'est mis à vibrer, c'est Angèle, c'est forcément Angèle, il y a un problème avec Angèle ! Je me suis contorsionnée pour prendre l'appareil dans ma poche arrière et j'ai senti une douleur atroce me déchirer le poignet : l'aiguille, bien sûr, il m'avait aussi piquée là et j'étais en train de faire une vraie bêtise. Cette fois, je me suis fait virer.

Heureusement, ma gynéco a été formidable, pas moralisatrice, pas culpabilisante, pourtant je l'emmerdais à l'appeler tous les trois jours parce que j'étais persuadée d'avoir un cancer dans chaque sein, ou parce que j'avais mal à la tête, ou parce que je voulais être certaine de ne plus jamais avoir d'autres enfants s'il fallait que je les fabrique tous moi-même et que je voulais une ligature des trompes maintenant tout de suite à l'instant. Je passais à l'improviste à son cabinet, je lui expliquais en pleurant que j'avais peur de ne pas savoir comment partager mon cœur en deux, comment on se dédouble, on peut pas aimer deux hommes à la fois, ou deux femmes, pourquoi on pourrait aimer deux enfants ? Elle me regardait comme si j'étais dingue, elle me calmait, me parlait doucement, est-ce qu'on peut tirer des leçons de la vie ? je poursuivais, est-ce qu'on reproduit les choses ou est-ce qu'on les corrige ? est-ce qu'il y a un destin ? une loi et une fatalité des familles ? comment ne transmettre que le bon, pas le mauvais, faire le tri ? et est-ce qu'un putain de jour on va trouver un putain de médicament pour être une putain de bonne mère ?

La gynéco a fini par me conseiller de ne pas arrêter tout à fait le Xanax, hein, prenez-en un demi le matin et un demi le soir, parce que vous avez l'air à cran, quand même, elle a remarqué, n'allez pas me faire une fausse couche ou je ne sais quoi ! Alors je n'ai pas tout à fait arrêté le Xanax en effet, mais j'étais quand même traversée par des idées macabres, je passais mes nuits à regarder des films sinistres ou des documentaires sur les tremblements de terre, je faisais des listes de suicidés, Sylvia Plath la tête dans le four, Stefan Zweig véronal, Freud morphine, Bernard Buffet tête dans un sac en plastique, Nino Ferrer et Kurt Cobain arme à feu, Pascin ouverture des veines et pendaison, Gilles Deleuze saut par la fenêtre, Guy Debord carabine, comme Achille Zavatta, et comme Patrick Dewaere, Lucy Gordon pendaison, Drieu asphyxie au gaz d'éclairage et somnifères, Virginia Woolf noyade les poches pleines de pierres, Jean Seberg barbituriques et alcool, Dalida médicaments, j'ai arrêté quand Paul est né et que cette fois-ci personne n'est mort, pas de tour de passe-passe, pas de troc, pas d'échange.

Depuis qu'il est né, ça va mieux. La tension est retombée d'un coup. Et, comme avec Angèle, j'ai décidé de me concentrer sur ce qui est important, et ce qui est important c'est qu'il mange, qu'il dorme, qu'il soit content content content. Ce qui est important c'est de lui faire écouter de la musique à six mois, de l'emmener au Louvre à un an, de lui lire des histoires avant même qu'il sache parler. Ce qui est important c'est de tenter et réussir le coup une deuxième fois. Quel coup ? Toujours le même, mon obsession, ma hantise, le barrage contre le Pacifique de la tristesse héritée, la machine à pomper, siphonner, évacuer les chromosomes de chagrin venus du passé. Je déteste les familles, je déteste les gens qui sont fiers de leur famille et veulent à tout prix que ça se sache, je déteste les arbres généalogiques, les lignées, les souches, les dynasties et, si je les déteste, si je m'arc-boute contre cette sotte fierté qui parfois m'aguiche aussi, c'est parce que je sais que c'est par là que tout le mal arrive, le goût de la vinasse, le parfum de la mauvaise tristesse, les règles numéro 2 avec leur fatigue terrible dont je ne veux pas pour mes enfants. Stop. On arrête tout. On fait un garrot. Un gros pansement. On bloque la propagation du virus. Il y a ceux qui se sentent menacés par les étrangers, les Roms et tout ça, pour moi, ce qui menace Angèle et Paul c'est l'inverse : l'extraction, l'ascendance, l'hérédité, l'atavisme, tous ces trucs dégueulasses dont je veux les libérer et dont j'ai juré une fois pour toutes qu'ils ne passeront pas par moi.

17

J'ai, bien sûr, des souvenirs de repas heureux. Mais ils sont tous liés au couscous au beurre et raisins secs de ma grand-mère, et c'est un plat qui est quand même compliqué à retrouver au quotidien, surtout quand on ne sait pas cuisiner. Et puis je ne crois pas que se rappeler un souvenir heureux rende spécialement heureux. Quand c'est passé, c'est passé. J'adorerais, bien sûr, pouvoir manger une cuillerée de couscous au beurre et raisins secs et récupérer, intacts, les moments gais de mon enfance. Mais non, ça ne marche pas comme ça, les souvenirs sont toujours salis d'une pointe de nostalgie, et donc de mélancolie, pouah. Sinon, depuis l'invention des drogues, il y a bien quelqu'un qui aurait trouvé le moyen de mettre les émotions en conserve, pour qu'on puisse les réchauffer quand on le désirerait, quand on sentirait que c'est le bon moment, qu'on est avec la bonne personne dans le bon décor avec la bonne musique, tiens, je réanimerais bien le chouette fou rire du 31 décembre 2011 à Londres, avec Pablo, Simon et Anne-So, quand on avait chanté à tue-tête et mis un bazar incroyable et improvisé une chenille avec des gens hilares et très très saouls jusqu'au petit matin, avant de consulter nos téléphones et de comprendre qu'on s'était trompés d'endroit, et d'amis, et de réveillon, ça me ferait mal au ventre tout pareil, qu'est-ce que c'était bon, qu'est-ce que ce serait bon, on se fait une séance ?

De toute façon pour moi c'est réglé, je n'ai pas prise sur grand-chose mais, au moins, je contrôle cette partie-là de ma vie, et puisqu'il n'y a plus de couscous au beurre et raisins secs, j'ai opté une fois pour toutes pour la salade-niçoise-sans-poivron-s'il-vous-plaît au déjeuner, et deux tranches de colin au micro-ondes avec un sachet de riz précuit le soir, c'est dit et on n'en parle plus. Au restaurant, il y a toujours moyen de commander une salade niçoise ou du poisson, en vacances aussi, *una ensalada de tomate y atún por favor*, et basta. Comme j'ai l'air en bonne santé et que je suis très susceptible, personne ne me dit rien. C'est vrai que Pablo et mes amis joyeux d'aujourd'hui ne m'ont pas connue quand je carburais aux amphétamines et que j'avais, tout autant que maintenant, l'air en bonne santé. Je suis un peu maigre, mais rien d'alarmant. Et puis la salade niçoise me rassure, c'est ordonné et varié, on peut compter sur elle, elle a grosso modo toujours le même goût, ça nourrit et ça laisse l'esprit libre pour le reste, pas besoin de passer dix minutes à étudier la carte au bistrot, à peser le pour et le contre, on pense à autre chose, on parle de vrais trucs, on regarde autour de soi, enfin.

Je me souviens aussi que j'aimais le fromage de chèvre, mais seulement quand c'était ma grand-mère qui l'achetait : c'est bien la preuve que tout ça n'est pas affaire de goût, mais plutôt d'émotion, émotion *über alles*, et en même temps non, les émotions sont trop changeantes, trop fluctuantes, on croit qu'on est en colère contre quelqu'un et cinq minutes après la colère est passée, on a envie de se jeter dans la Seine et dix minutes plus tard on croise un visage qui vous rappelle à la vie et vous rend joyeuse, non, on ne peut pas se fier aux émotions, elles sont torves, dangereuses, j'ai drôlement bien fait d'arrêter avec le fromage de chèvre, avec la religion de l'émotion, et je fais bien, puisqu'il n'y a plus que ça qui m'intéresse, d'avoir une conception *emotion-free*, presque scientifique, de l'éducation de mes enfants : trier, classer, faire des catégories et des tiroirs, prendre ceci, rejeter cela, faire gaffe à l'atavisme côté maman, booster les bonnes cellules côté papa, une grand-mère contre l'autre, un grand-père contre le second, le berger d'Algérie plutôt que l'aristo breton Action française d'il y a un siècle, je passe ma vie à séparer, mettre dans des cases et ranger.

À présent, je suis devenue intolérante au thon. C'est ce que m'a expliqué ce médecin que je suis allée voir en urgence après que le serveur a poussé un cri au moment d'encaisser : je me suis tournée vers le miroir, j'étais violette, la peau de ma figure semblait s'être décollée, j'étais couverte de sueur froide comme aux pires moments de la tristesse, c'est malin. À partir de ce jour-là, branle-bas de combat, alerte. Je n'ai pas su tout de suite comment j'allais retrouver quelque chose à manger. Peut-être passer au steak haché-salade, c'est commode aussi, mais ça m'embête un peu à cause de maman, parce que ce que maman aimait par-dessus tout, au camping de Locmariaquer, c'était s'accouder sur la porte à deux battants de l'étable et rester là des heures, la tête posée sur son bras replié, à regarder les vaches serrées les unes contre les autres, ruminant en cadence, en batterie, moi je tenais trois minutes en apnée à cause de l'odeur épouvantable, trois minutes à regarder les gros yeux des vaches sur maman, et maman dans leurs gros yeux, son air tendre et doux, son air de bien savoir pourquoi elle était là et pourquoi elle allait y rester, malgré l'odeur, salut maman, à tout à l'heure, allez.

Il y avait tant de choses formidables à faire, au camping de Locmariaquer : sauter dans les rouleaux gris de la mer, manger des mûres tièdes à même les buissons sur lesquels, soi-disant mais c'est n'importe quoi et j'y crois pas, des farceurs pissaient en rentrant de la plage, pêcher des couteaux à marée basse comme oncle Roch, le frère de maman, me l'avait appris, dresser des châteaux d'algues brunes et puantes, collectionner les étoiles de mer et les regarder se recroqueviller sur la banquette orange et marron de notre caravane, me faire des copines dans la queue pour les douches, laisser maman étaler de la Biafine, le soir, en lentes caresses circulaires, sur mon dos tout cloqué, chercher Monsieur, le chat de maman, qui passait son temps à fuguer, et c'était marrant d'entendre maman crier Monsieur ! Monsieur ! en escaladant les dunes hérissées de chardons au-dessus du camping, les mains en porte-voix, et tous les hommes des alentours qui surgissaient et lui offraient des sourires charmés – mais ils laissaient maman tranquille, maman était trop belle pour être draguée.

Un soir, après sa séance de vaches, maman n'est pas revenue. J'ai passé un moment chez une de mes copines, la Hollandaise, ou peut-être la Danoise, celle en tout cas qui rasait le duvet clair de ses jambes en cachette de ses parents babas cool, ils respectaient la nature, leurs poils et le goût de maman pour les vaches, ils ne semblaient inquiets de rien, ils tiraient sur leur pétard d'un air absent, pas concerné, alors que, moi, la grosse boule d'angoisse que je sentais gonfler dans ma gorge ne laissait passer aucun des légumes bizarres qu'ils avaient préparés pour le dîner, et j'ai préféré rentrer dans notre caravane pour m'inquiéter tranquille, regarder l'heure toutes les deux minutes sur ma Swatch, cadeau d'Alex, le deuxième mari de maman, qui devait nous rejoindre pour le week-end, comment je faisais, avant, quand j'étais encore plus petite et que maman disparaissait, pour supporter la petite aiguille immobile, le temps qui ne passait pas, j'avais sept ans et je me sentais très âgée, j'ai longtemps pensé qu'on naît jeune, ou vieux, que c'est comme ça, ni une qualité ni un défaut, juste un destin, comme gaucher, droitier ou blond, et que moi par exemple, même si je n'avais pas encore de traits sur le front, j'étais née plus vieille que maman.

Cette nuit-là, dans la caravane, je ne suis pas arrivée à m'endormir, je tenais ma lampe de poche serrée contre moi, éteinte, comme un talisman, mais la nuit ne voulait pas se rendre, chaque minute qui ne s'écoulait pas était une horreur, des formes effrayantes bougeaient derrière les rideaux, est-ce qu'il y a des bêtes féroces, en Bretagne ? Et puis le silence inhumain, et puis des bruits, mais inconnus, des grattements, des feulements, il n'y avait pas de portable à cette époque, pas de Tam-Tam pas de WiFi pas de Bi-Bop pas de fax, papa m'écrivait tous les jours des lettres poste restante qu'on partait chercher par paquets de cinq ou six en allant acheter des cigarettes, je les ai relues cette nuit-là, classées, et j'ai commencé à les apprendre par cœur, j'ai essayé de m'endormir en m'automassant la tête et en imaginant le peigne tendre des doigts de papa dans mes cheveux quand il vient me faire mon câlin du soir et qu'il lisse mon front pour en expulser toutes les frayeurs, toutes mes minuscules contrariétés d'enfant, mais les bruits continuaient de surgir de partout de nulle part et de tous les côtés, c'étaient des stridulations des bourdonnements des crissements, c'étaient des rires étouffés qui montaient du sol et s'amplifiaient et mouraient contre les vitres de la caravane, et puis ça a fini par être le matin, puis l'après-midi, puis le soleil est devenu rose, et maman est revenue, avec du foin dans les cheveux et un grand type qu'elle m'a présenté, Gino, Louise, Louise, Gino, elle s'est agenouillée dans le sable et m'a serrée contre elle, l'odeur de vache était entrée partout, dans sa blouse, dans le creux de son cou, dans les baisers dont elle couvrait mes joues, ça m'obligeait à respirer la bouche ouverte. En tout cas voilà, maintenant, chaque fois que je mange un steak, je me mets à pleurer, c'est comme ça. Et Paul, qui va avoir cinq ans, fait un blocage sur les steaks, et sur la viande en général, et même sur le poulet sauf quand il est sous forme de nuggets et qu'il vient de chez McDo, est-ce que tout ça est lié ? est-ce que c'est encore un cas de ces chromosomes malins qui passent d'une génération à l'autre, en douce, sans s'annoncer, une grosse névrose déguisée en nuggets McDo, un macrosecret familial qui ressurgit métamorphosé en dégoût pour la vinasse et nostalgie du fromage de chèvre, on n'a rien vu venir, on a bien mis les boucliers en batterie, et hop ! c'est plus fort que tout, c'est un pied de nez aux psychorigides de l'éducation contrôlée, c'est comme les haricots sauteurs des surréalistes, ou les pois sauteurs du Mexique et les Pifitos du *Pif Gadget* de mon enfance, c'est là.

18

On s'est croisées dans la rue, vers Pigalle, moi qui vais rarement plus loin qu'à deux pas de la maison, par goût, par flemme, les mêmes repères, le même chemin, les habitudes rassurantes, le sentiment d'être dans mes pas, d'être chez moi, dès que je m'aventure hors de mon quartier je deviens toute raide, avec l'impression de ne plus savoir marcher, de trébucher, merci bien, donc on se croise et je sens tout de suite que c'est pas un hasard, que c'est même possiblement important et que, depuis le temps que je patauge entre souvenirs vagues et déductions hasardeuses, depuis le temps que je remue dans ma tête toutes ces hypothèses, ces explications qui n'en sont pas, ces images floues qui cachent toujours d'autres images encore plus floues, je touche peut-être au but, je brûle.

Avant, les Abbesses ou Pigalle c'était chez moi puisque c'était chez maman, je savais que je pouvais tomber sur elle à tout moment, ça n'est jamais arrivé, mais ç'aurait pu et c'est en tout cas ce que je me disais, pile je la croise, face je ne la croise pas, mais ça tombait toujours sur face.

Adolescente je n'allais là-bas que pour ça, c'est l'époque où elle disparaissait pour des périodes de plus en plus longues, alors je la cherchais sans la chercher, son métro, sa jolie place devant la mairie, son vieux manège à touristes, son marchand de journaux désagréable, son café, sa rue qui descend à pic jusqu'au Grand Hôtel de Clermont où j'espérais toujours la trouver, attablée avec ses amis bizarres et où, parfois, je lui laissais un mot à tout hasard, et puis je continuais jusqu'à l'épicerie bio, la boutique de vêtements et d'objets rue Véron à côté de son dernier chez-elle, plus coquet que les précédents, peut-être parce qu'elle y a passé plus de temps, plus d'heures dans la journée à faire ses mélanges de graines bio, à regarder ses films, à fabriquer ses cadres, ses cendriers, ses porte-documents, à attendre que ça passe, que la maladie se lasse, se tasse, que la bonne santé revienne, et la forme, et peut-être à m'attendre comme je l'avais attendue quand j'étais petite, en vain, en pleurs, en colère, je l'attendais, je l'attendais, mais elle ne venait pas, c'était mon tour maintenant de la faire attendre, d'avoir ma vie, mes vacances, mon amoureux, d'avoir autre chose à faire, ce sera peut-être le tour d'Angèle dans quelques années, bientôt, peut-être pas, peut-être qu'on finit par la casser cette loi de l'éternelle répétition, reproduction, malédiction.

Je cherchais parfois maman dans la boutique où elle m'emmenait et où elle m'offrait des choses, après maintes négociations parce que je ne voulais pas qu'elle dépense pour moi l'argent que papa lui donnait pour se soigner, prendre enfin soin d'elle, guérir, lui foutre la paix sans doute aussi, mais elle prenait son ton offensé, alors j'ai même pas le droit de te faire de cadeaux, et je finissais par accepter, mais quand même, ce pantalon doré à grosses rayures noires ? tu es sûre ? c'est mon style ? Elle avait décrété que oui, ça l'était, et elle avait choisi un joli étui à cigares pour Pablo. C'est moi qui le lui ai offert, finalement, à Pablo, parce que ensuite très vite il n'y a plus eu de maman du tout, c'était fini.

Je n'ai jamais porté le pantalon rayé, je l'ai rangé, alors que je ne garde rien, et il m'arrive de l'essayer, juste pour faire rire Angèle et Paul, ou pour faire sursauter Pablo, parce qu'à part Lady Gaga je me demande qui oserait porter un pantalon pattes d'eph doré à larges rayures noires, et ça m'amuse encore aujourd'hui de me dire que maman me voyait dedans.

Maintenant, à Pigalle ou aux Abbesses, les gens ont changé, ils sont plus branchés, plus bourgeois, les amis bizarres de maman ont disparu des bars où elle les retrouvait, t'as traîné où mon minou elle me disait, comme si moi aussi je traînais, ils ont été poussés plus loin, ses copains, ils traînent ailleurs, plus bas, et il n'y a plus personne pour me dire ah bon c'est TOI, la fille d'Alice, avec la tête effarée de celui qui se demande où trouver dans mon visage la moindre trace de la grande beauté de maman. Papa me dirait que je suis complètement parano, pour me rassurer et aussi parce qu'à ses yeux mais à ses yeux seulement j'ai toujours ressemblé à maman, même quand je me sentais défigurée par l'acné et que je m'effaçais le visage avec du fond de teint blanc et épais comme du Tipp-Ex, même avec mes lunettes à triple foyer que je porte encore le matin ou la nuit et qui font rire les enfants, il m'appelle Ma Jolie Petite Fille même maintenant que j'ai les joues creusées et le front couvert de mélasma, c'est dire comme il est myope, lui aussi.

De toute façon maintenant, aux Abbesses et à Pigalle, je ne suis plus la fille de maman, je suis une passante qui ne cherche rien ni ne guette personne, c'est devenu un quartier comme un autre où je me promène comme n'importe quelle autre touriste, le nez en l'air, mais mal à l'aise, trouble diffus, je ne sais pas encore pourquoi.

Et ce jour-là, donc, on tombe l'une sur l'autre, nez à nez, on se reconnaît tout de suite, ça fait quoi ? trente ans, vingt-cinq ans, qu'on ne s'est pas vues ? mais on a été si proches, alors forcément on se reconnaît, on rit, on prend des nouvelles, tu as des enfants, oui, moi aussi, comment va ton père, bien merci, et toi comment va ta mère, pareil, bon ben on échange nos numéros ? On échange nos numéros, on sait qu'on ne se rappellera jamais ? Oui, bien sûr, on le sait ! Alors, on va prendre un café ? Allez.

Tout de suite, je regrette. Et, en même temps, j'ai le cœur qui bat très fort.

— Ça a duré dix-huit mois, elle me dit en s'attablant, t'as quand même pas tout oublié ?

— Ben si, je dis, tout.

— Aucun souvenir ?

— Aucun.

Je vois bien qu'elle est contrariée, qu'elle ne sait pas si elle doit me croire, si je ne me moque pas un peu d'elle. Moi non plus je ne le sais pas très bien, peut-être que je me rappelle quelques trucs, mais est-ce que j'ai vraiment envie de remuer tout ça, d'ouvrir ces tiroirs-là ? Je suis bien, j'ai ma petite vie tranquicalme, mes enfants, mon mari, mes moments d'angoisse que j'arrive à gérer, tout est cadenassé, à quoi bon aller fouiller si loin ?

Mais je ne veux pas être désagréable, c'est LagrandeLouise, avec son visage éclaboussé de soleil, avec ses taches de rousseur jetées au hasard sur ses joues, on était inséparables, on disait LagrandeLouise et LapetiteLouise, on a partagé nos vêtements, notre lit et nos mamans, alors je fais un effort.

— Si, je me souviens d'un truc, je dis, mais c'est presque rien, c'est un parfum, ou plutôt une odeur qui me tombe parfois dessus dans la rue et ça me fait un effet désagréable, c'est comme une scie électrique dans la tête, j'ai une envie soudaine de partir, ou de m'endormir, là, debout, alors je suis obligée de m'asseoir et d'...

— Excuse-moi, elle me coupe en haussant ses sourcils, qui sont roux, en bataille, quel rapport avec Kuala Lumpur ?

— Je sais pas... L'odeur est liée à cette époque, je suppose... Je nous revois, c'est comme un flash : toi, moi, maman, ta mère, assises sur nos talons au bord d'une route, attendant quelque chose ou quelqu'un, on a toutes les quatre la main en visière, on plisse les yeux à cause du soleil, derrière nous y a la plage et des tortues géantes que je ne vois pas, mais je nous entends répéter tortugéantes tortugéantes. Ça, d'ailleurs, contrairement à l'odeur, ce n'est pas un souvenir désagréable. Peut-être que ce n'est même pas vraiment un souvenir, ou bien le souvenir d'un souvenir, une ombre, un souvenir brûlé et reconstitué, j'ai pas idée.

— Ah ouais, elle dit. On faisait tout le temps du stop, c'est vrai. Et les tortues géantes, on en a bouffé. Mais cette odeur, elle ressemble à quoi cette odeur ?

— Je ne sais pas comment la décrire, c'est une odeur écœurante, épaisse, aigre et sucrée à la fois… J'ai dû y repenser deux fois, trois maximum, et je suis chaque fois bien trop occupée à essayer de respirer à fond par la bouche pour penser à l'identifier, et puis de toute façon elle se dissipe d'un seul coup, très vite, pschitt.

Ça doit être l'opium, elle dit, en regardant par-dessus son épaule et en retrouvant le ton d'assurance qu'elle avait, dans le temps, vu qu'elle était la plus grande, pour me dire fais ceci, fais cela. Tu fumes ?

— De quoi ?

— Des cigarettes… Tu fumes ?

— J'ai arrêté, je dis.

— Bravo.

Elle allume une cigarette, secoue ses cheveux, reprend.

— Me dis pas que t'as oublié les fumeries d'opium.

— J'avais trois ans, je réponds, un peu trop brusquement, comment je pourrais me souvenir précisément de ça ?

— Précisément parce que ce n'est pas quelque chose qu'on oublie.

— Ben moi j'ai oublié. Je me doute bien qu'elles ne sont pas parties en Malaisie pour photographier des papillons, mais ça je ne m'en souviens pas. T'avais quel âge, toi ?

— Neuf ans.

— C'est pour ça. C'est déjà vieux, neuf ans.

— Ouais c'est sûr, c'est déjà vieux. Elles étaient affalées dans de longues pièces sombres, tu vois, elles y restaient des heures, parfois toute la journée, nous on attendait devant, sur le trottoir.

— On faisait quoi ?

— On jouait.

— À quoi ?

— Je sais pas, n'importe quoi, les gamins de la rue nous reluquaient, parfois ils nous adoptaient, on jouait au foot avec des boîtes de sardines, au mah-jong, on fabriquait des poupées avec des bouts de fil de fer, et quand on en avait marre on finissait par rentrer les chercher, mais elles ne nous reconnaissaient pas. Elles ne nous reconnaissaient pas ! elle me répète en me fixant bien dans les yeux. Tu as de la chance d'avoir tout oublié, elle ajoute. Tu n'as pas idée de la chance que tu as.

Et pourquoi tu me le rappelles alors, conasse, j'ai envie de lui dire, mais je ne dis rien, je laisse ces informations nouvelles m'éclater dans la tête comme des bulles de savon, pif paf pouf, même pas mal, j'ai activé mon super-bouclier antitristesse, je la regarde, elle a de beaux yeux intelligents et tristes, comme deux soleils morts, de longs cheveux blond-roux et une bosse sur le nez que je reconnais, elle aussi, elle l'avait déjà à l'époque, la première fois que je l'ai remarquée, c'est dans l'avion qui nous emmenait en Malaisie pour qu'on rejoigne nos mères.

— Tu te souviens quand même qu'on a pris l'avion toutes seules, elle reprend, pas découragée, et comme si elle lisait en moi.

Je ne vais pas le lui dire, mais ça, oui, je me le rappelle, je nous revois, l'une à côté de l'autre, sur des sièges de tissu rouge, il fait nuit et quand on regarde par le hublot c'est notre reflet qu'on aperçoit, moi toute petite et dodue, pliée en deux sur le siège à cause de la ceinture, et elle déjà longue, déjà belle, qui me dit en désignant le reflet et en riant nerveusement regarde, on dirait ta mère et la mienne sur leur lit.

Je me souviens que ça m'a fait peur, qu'est-ce que nos mamans feraient dans le ciel, et puis je vois nos pochettes blanches d'enfants voyageant seules qui se balancent quand on bouge le torse et je comprends que c'est nous, et que les hublots font un miroir.

— Non je ne m'en souviens pas, je réponds en souriant.

Elle ne dit plus rien, elle touille son café avec sa cuillère à l'envers, et puis, sans me regarder cette fois, avec une pointe de tristesse :

— Tu sais, il y avait un reflet de nous dans l'avion, j'ai cru que c'étaient nos mères et que je faisais un cauchemar, et puis j'ai compris que tu faisais le même, et que ce n'était donc pas tout à fait un cauchemar. Comme c'est bizarre. Mais tu ne t'en souviens plus, tu me laisses seule avec notre vrai-faux cauchemar, c'est pas sympa.

Je le sais, que ce n'est pas sympa. Mais je ne veux pas de souvenirs communs, moi, je veux ma vie paisible, je veux être une mère ennuyeuse comme toutes les mères ennuyeuses.

Ce qu'elle me raconte ensuite, j'essaie de ne pas l'entendre. Je dis j'essaie parce que je sens qu'on entre dans une zone nouvelle, plus dangereuse, et que le super-bouclier fonctionne tout à coup moins bien. Brusquement, elle m'empoigne le bras.

— Cicatrice ?

— Hein ?

— T'as pas une cicatrice sur le bras ?

— Quel rapport ?

— Rapport au vaccin qu'on t'a fait à l'aéroport, ça s'est infecté, c'était dégueulasse, et comme tu ne voulais pas prendre l'antibiotique, on a fini par t'emmener à l'hôpital, je me rappelle encore le nom, Bukit Bintang, l'hôpital populaire de Kuala Lumpur, crasseux, zéro médoc, ça ou rien c'était pareil, t'imagines ?

J'imagine, oui, je crois, je ne sais pas, j'aperçois quelque chose, mais très loin, comme si je le voyais à travers les lunettes de quelqu'un d'autre, et ça ne me plaît pas, et j'ai de plus en plus envie qu'elle se taise, qu'elle me lâche le bras, qu'elle arrête avec ces rayons laser de mémoire, ces pièges, qu'elle se taise.

Mais elle ne se tait pas, elle ne me lâche pas, ça a l'air important pour elle que je l'écoute, voilà maintenant qu'elle me décrit l'hôpital, les gens par terre, allongés, assis sur leurs talons, accroupis, crachant, toussant, gueulant, dégueulant, agonisant, mais arrête ! mais fous-moi la paix ! Je ferme mes oreilles de l'intérieur, comme quand Pablo met un disque de musique classique. Un jour j'ai raconté ça à mon père, mes oreilles ont des paupières, je peux les fermer quand je veux, il a crié aaaah mais ce que tu dis est dégueulasse ! beeeerk ! arrête ! Et ça m'a fait tellement rigoler. Ils sont tordants les dégoûts de mon père, les pêches non épluchées, l'ail, l'oignon, et maintenant les oreilles avec paupières, il dit qu'il est allergique pour faire simple et qu'on ne lui en refile pas en douce, de l'ail et de l'oignon, c'est juste en fond de sauce, vous ne le sentirez pas, mais en vrai c'est juste que ça le dégoûte au-delà du dégoût, je ne trouve pas le mot, répugnance, répulsion, phobie, je ne sais pas, un peu comme les manteaux, les écharpes, tout ce qui serre et qui entrave, les gens pensent ce qu'ils veulent mais moi je sais que c'est ça, mon fils est pareil, comme son grand-père qui préfère tomber malade que porter un pull à col roulé, même en cachemire, même en soie, même si les gens se retournent dans la rue en disant c'est quoi ce mec qui fait le malin, col ouvert, par moins cinq.

En tout cas, là, avec LagrandeLouise, j'ai fermé ma seconde paire de paupières, tatatatata, j'entends rien, il suffirait pourtant d'appuyer sur le bon bouton pour que la mémoire me revienne, il y a bien des gens qui sont payés pour récupérer votre disque dur quand vous avez tout effacé, alors ? En plus, je n'ai pas réellement tout oublié, je sais que ça vit en moi, très loin, très profond, ça vit et ça se diffuse au goutte-à-goutte dans la peur qui ne me quitte jamais, mais pas plus qu'au goutte-à-goutte, surtout pas plus. C'est décidé, c'est comme ça. Et maintenant LagrandeLouise qui voudrait ouvrir les vannes, que ça déferle, que ça envahisse tout ! Elle continue à parler, j'acquiesce de temps en temps pour qu'elle croie que tout est normal. D'ailleurs tout est normal, mes secondes paupières sont fermées, c'est juste une femme qui raconte à une autre femme un moment de leur enfance dont l'autre ne veut rien savoir. Je me dis il faut attendre, juste attendre, c'est une alerte, un test des secondes paupières, c'est comme la sirène d'incendie dans les hôtels pour vérifier que les systèmes fonctionnent, je tripote mon téléphone, je consulte mes mails sous la table, M. Honoré Mobutu me propose un traitement sûr et efficace pour élargir mon pénis, Petit Bateau m'annonce que je dispose de 121 points et consoGlobe m'informe que chaque seconde je dépense 60 kilos de déchets électroniques, super, tiens, LagrandeLouise ne dit plus rien, c'est fini, ah si, zut.

— Homosexuelle ?

— Pardon ?

— Tu considères que ta mère était homosexuelle ?

— Non.

— C'est drôle, moi non plus. Je pense qu'elles étaient amoureuses, quand même, Sophia et Alice, Alice-et-Sophia, mais ma mère je ne lui ai pas connu d'autre liaison avec une femme. Et toi ?

— Pareil.

Là elle est gênée, elle aussi. Moi, je déclenche l'alerte générale antitempête, l'alerte anti-incendie, c'est le *Costa Concordia* dans ma tête, le grand escalier du *Titanic*, on peut pas faire plus fort pour tester si les systèmes de sécurité fonctionnent, mais ça marche, c'est incroyable mais ça marche, j'entends plus rien et, à la place, je revois ce jour, à Paris, chez le père de LagrandeLouise, où je m'étais assise sur un cube en plexiglas au fond duquel, en écartant les jambes, j'avais aperçu un énorme sexe de femme en plastique ou en cire, velu et menaçant comme une grosse araignée : ça va, c'est dégueulasse mais ça va, ça a bien endigué le flot d'images, l'incendie est circonscrit, la tempête est maîtrisée, ouf.

— Il faut que je rentre, je dis.

— Tu as de la chance, elle soupire, tu sais même pas à quel point.

— De la chance ? Pourquoi ?

— D'avoir tout oublié.

— Je ne crois pas que j'aie oublié, je dis d'un ton un peu trop sec, j'ai effacé. Plus simple. Terminé, fini, rideau. Allez, salut.

19

Rentrée chez moi, je décide d'oublier cette histoire, j'ai bien le droit, j'oublie ce que je veux quand je veux, c'est ma règle à moi, ma décision, mais cette fois ça ne marche pas, ou mal, maintenant que ces souvenirs qui n'en sont pas sont revenus, par un autre biais que celui de ma mémoire, ils prennent de la place, une place énorme, toute la place, je ne sais pas où les mettre, ils s'agitent, je m'inquiète.

Je raconte LagrandeLouise à Pablo, je raconte LagrandeLouise à Delphine, j'appelle papa, tu te souviens de LagrandeLouise, oui, ma chérie, vaguement, pourquoi ? pour rien, je laisse passer quelques jours, et puis ça me revient, ça me poursuit, j'ai brusquement envie d'aller plus loin, d'avoir un tableau d'ensemble, j'ai l'impression qu'il y a autre chose derrière tout ça, un truc pas dit, pas clair, mais quoi ?

De toute façon, je contrôle mes émotions, maintenant. Peut plus rien m'arriver. Avant, ce genre d'histoire m'aurait chamboulée, encombrée, j'aurais pas su où ranger l'information, ni comment la traiter, mais maintenant je suis ordonnée, chaque chose a sa place, pas le temps de pleurnicher, je suis un *computer* vivant, un fichier Excel à moi toute seule, je ne risque rien.

Ces souvenirs sont à moi, je me dis encore. Je les veux. Je veux comprendre. Ce qui s'est passé. Jusqu'où c'est allé. Pourquoi. Comment. Faut que je délimite les contours. Le temps et l'espace. Le paysage. Le champ et le contrechamp. Comme si savoir un peu n'était plus assez, je veux savoir le reste, tout le reste.

Déjà, je rappelle papa. Je lui demande. Pourquoi tu m'as laissée partir en Malaisie, j'avais trois ans, j'étais si petite, comment tu as pu, accepté, toléré ? Je me rends compte que c'est la première fois que je reproche quelque chose à mon père, la première fois que j'ai quelque chose à redire à la manière dont il s'est occupé de moi, ou, plus précisément ici, dont il ne s'est, peut-être, plus occupé de moi.

Étrangement, il ne le prend pas mal, il le prend comme une question, un point à éclaircir et même, j'ai l'impression, un mystère pour lui-même. Il réfléchit quelques secondes. Il me dit toujours tu ne me déranges jamais, c'est un principe, tu peux m'appeler quand tu veux, absolument quand tu veux. C'est ce que je viens de faire. Il le sait. Pourquoi, alors ?

— Pourquoi je t'ai laissée partir ?

— Oui.

— Tu veux vraiment parler de ça par téléphone ?

— Oui.

— Quelle est, au juste, la question ?

— Tu savais que maman était camée, tu savais qu'elle n'y allait pas pour faire une cure de yoga ou de santé, tu savais...

Il me coupe.

— Je ne savais pas.

— Tu ne savais pas quoi ?

— Que ta mère était camée, comme tu dis.

— Hein ?

— Non, bien sûr, je ne le savais pas. Nous avions, avant ta naissance, essayé des trucs limites, des champignons mexicains, de l'opium à Bombay, des amphètes. Mais j'étais persuadé que c'était fini, complètement fini. Je ne me doutais pas un seul instant ni qu'elle avait continué, ni que ça avait pris ces proportions.

— Vraiment ?

— Mais oui vraiment, Louise, c'est plus tard que j'ai compris, plusieurs mois après votre retour, quand elle est arrivée un après-midi, avec toi, avec une petite valise, au Twickenham, et qu'elle m'a demandé de m'occuper de toi. Là, elle m'a tout dit, elle m'a fait le total déballage. Mais avant ça, non, je n'imaginais pas. Elle était gaie comme un pinson, elle était belle, la peau, les dents, les cheveux, tout était parfait, comment aurais-je pu savoir ? Et pourquoi je l'aurais empêchée de t'emmener où bon lui semblait ?

— Et Sophia ?

Jamais, je m'en rends compte, je n'ai parlé comme ça à mon père, sur ce ton presque vindicatif. J'entends, malgré la distance, une nuance d'émotion, sa voix qui tremble un peu.

— Sophia ? Oui, c'est sûr, je me doutais que cette Sophia dont elle s'était entichée n'était pas nette nette. Mais comment te dire ? C'était une autre époque… Les normes n'étaient pas les mêmes… L'heure était à la révolte, à l'expérience de toutes les limites et de toutes les libertés… Pourquoi tu me demandes ça. Qu'est-ce qu'il y a. Qu'est-ce qui ne va pas.

Il me fait de la peine, tout à coup. Je le sens si inquiet, si bouleversé de me sentir comme ça. Je baisse d'un ton.

— Ah ben non, tout va, il n'y a rien qui va pas, c'est juste que comme j'ai croisé LagrandeLouise dans la rue par hasard je repense à des trucs et voilà.

Voilà, oui. Sauf qu'après avoir raccroché, et encore le lendemain, et encore les jours suivants, je rappelle LagrandeLouise et c'est elle, maintenant, qui a disparu et qui ne répond plus. Peut-être qu'elle m'a refilé de fausses coordonnées. Ou que je les ai mal notées. Jusqu'au jour, la semaine suivante, où je reçois d'elle, par la poste, dans une enveloppe sans adresse marquée au dos, cinq photos. Pas un mot, juste des photos. Ce sont des photos de nous, enfants, grand tirage, un peu floues, et pixélisées, que je découvre le cœur battant.

Sur la première, nous sommes, LagrandeLouise et moi, barbouillées de maquillage, nos bouches grandes ouvertes sur des rires ou des cris, j'ai mes petites jambes noyées dans d'immenses bottes d'adulte, un fichu sur la tête, une sorte de nuisette et l'air de pleurer tellement je m'amuse. Elle, LagrandeLouise, a les cheveux collés sur des joues luisantes de rouge à lèvres, elle tient mes bras en l'air comme pour me chatouiller, ses yeux et les miens brillent d'excitation, on dirait Paul quand il est déchaîné, impossible à calmer, et que la seule solution est d'attendre qu'il tombe et se fasse mal.

Photo suivante. LagrandeLouise est allongée bras écartés sur une moquette pleine de taches, le front en sueur, la bouche entrouverte, les yeux vagues. Je suis à côté d'elle, je saute ou je danse je ne sais pas, mes pupilles lancent des éclairs, mais c'est sans doute à cause du flash, je porte des collants bleus en nylon qui plissent, j'ai un haut de maillot de bain doré, je n'ai pas l'air de faire attention à ce qui arrive à LagrandeLouise, j'ai dû comprendre, mais quoi ?

Troisième photo. Maman, mais est-ce bien elle ? Elle est nue, assise par terre, jambes croisées, l'air hagard. Je reconnais sa peau, lisse, ambrée, sa petite tache de naissance sur la cuisse, j'ai la même, sauf que ce n'est pas la maman que je connais, c'est bizarre cet air de défaite, et ce geste de pudeur qu'on devine, comme si être prise en photo nue la gênait, on dirait qu'elle vient de pleurer, ou qu'elle s'apprête à le faire, non, je me fais des idées, j'invente, j'extrapole, mais tout de même, ce serrement de cœur, cette crampe au creux du ventre, la photo parle, elle me fait mal, je suis sûre que maman s'apprête à pleurer.

Je repose les photos, j'ai trois Nicorette calées sur une dent de sagesse, mais je fumerais bien quand même une cigarette pour mieux réfléchir, pour être plus près de maman, il doit bien y avoir un fond de paquet dans un tiroir quelque part, mais j'ai juré à Angèle et Paul que c'est fini, qu'on ne m'y reprendrait plus, je ne vais pas trahir la confiance de mes enfants à cause de sales photos de rien du tout sorties de nulle part, allez, suivante.

Gros plan sur moi, toujours trois ou quatre ans, une sucette à la bouche, ou un Carambar, mais non, je m'approche, je regarde mieux, c'est un pétard, j'ai trois ou quatre ans et je suis photographiée en train de tirer sur un pétard avec application. Choc. Chair de poule. Est-ce que c'est possible ? Est-ce qu'elles ont pu faire ça ? Je reviens sur la première photo, elle est clairement mise en scène, il y a un grand parapluie ouvert dans un coin du salon, mais c'est vrai, maintenant que je regarde mieux, qu'on a toutes les deux les paupières lourdes, LagrandeLouise et moi, et que j'ai l'air de transpirer. J'inspire j'expire. J'expire j'inspire. Une larme jaillit, roule sur ma joue, je la chasse avec rage, je ne veux pas m'attendrir, pas flancher, pas triste pas triste pas triste, j'ai chassé la tristesse, qu'est-ce que ça peut faire, qu'est-ce que c'est censé expliquer, qu'est-ce qu'on en a à foutre de cette photo débile ? Évidemment que je ne ferais pas la même chose avec Paul et Angèle, évidemment que c'est quand même une idée bizarre de faire fumer un joint à des enfants, et de trouver ça tellement marrant qu'on sort l'appareil photo, hahaha, les Louise sont *stoned*, mais bon, il a raison, papa, c'est trop facile d'être choqué, et bégueule, et de juger ce qui se jouait il y a trente-cinq ans avec la grille de lecture de maintenant, les réflexes d'aujourd'hui, oh le scandale ! oh la dégueulasserie ! est-ce que j'ai pas l'air de bien rigoler ? est-ce que c'est donné à tous les enfants de bien rigoler ? bon, alors ?

Je reviens à la photo numéro 3. C'est plutôt maman qu'il faudrait sauver, c'est elle qui a l'air seule, dépassée, triste, mais une tristesse sèche, au bout du bout des larmes, c'est elle dont il faudrait prendre la main, elle qu'il faudrait arracher à cette photo, elle que je voudrais emmener ailleurs, à la plage, à la campagne, à la boulangerie, à la claire fontaine, n'importe où, loin de Sophia en tout cas, car c'est elle, Sophia, qui, j'en suis sûre, est derrière tout ça, le pétard, l'air défoncé de maman qui n'a même plus la force de s'habiller, ni de refuser qu'on la prenne en photo, ni de refuser qu'on prenne aussi sa petite Louise, ni de se lever, de redevenir maman et de nous dire d'arrêter nos conneries allez ouste brossage de dents débarbouillage enlevage de frusques et zou au dodo.

Et puis dernière photo, la plus petite, décor banal, maman, moi et un enfant malaisien que je ne reconnais pas, elle est chouette cette photo, je me ressemble, je ris en clignant des yeux dans le soleil, j'ai des petites couettes, est-ce moi qui les ai demandées ? et est-ce à cause des couettes que j'ai l'air si contente ? et où maman a-t-elle trouvé ces vêtements mignons que je porte, ce T-shirt vert, il a l'air propre, j'ai l'air contente contente contente. Maman, à côté de moi, le visage tourné vers moi, semble un peu fatiguée, le croissant bleuté de ses cernes, sa peau si pâle qu'on dirait qu'elle a absorbé toute la lumière alentour, mais elle fume sagement sa cigarette, elle a un mouvement gracieux du poignet où je distingue une multitude de bracelets colorés, derrière nous une montagne, posée là comme un gros animal triste, maman a les cheveux coupés au carré, elle a mis une jolie blouse, son jean est retroussé, c'est un tableau banal, une fille et sa mère en vacances, une mère très belle, une fille rigolote, un paysage somptueux, mais voilà, il y a un truc bizarre, je ne l'ai pas remarqué tout de suite ou peut-être que, au contraire, je n'ai vu que ça, remarqué que ça et que c'est pour ça que j'ai pris cette photo en dernier.

Le truc bizarre, c'est le nounours que je tiens à la main. Je le reconnais ce nounours, ma grand-mère me l'avait offert pour mon anniversaire, juste avant le départ, c'est une peluche toute simple, rouge comme une pomme d'amour, avec des yeux en boutons de bottines. Et c'est le même nounours, je m'en rends compte maintenant, que j'ai offert à Angèle pour Noël, il y a deux ans, et qu'elle se dispute sans arrêt avec Paul. Là, sur la photo, je le tiens par la main, peut-être qu'il se balance au bout de mon bras, et me voilà au bord des larmes, prise de panique, écrasée de fatigue tout à coup, qu'est-ce qui ne va pas ? qu'est-ce qui ne va pas avec cette photo ? Je la retourne, pas de date, pas d'indication, rien. C'est pas la photo, de toute façon, qui ne va pas, je me dis, avec la tête qui tourne, les jambes qui flageolent, et une grande colère qui monte, c'est les photos en général, elles mentent, elles figent les mensonges pour toujours, elles les solidifient, et puis ce rire que j'affiche sur cette photo ne veut rien dire, rien, il n'a rien à voir ni avec le bonheur ni même avec la joie puisqu'on peut rire à un enterrement, on peut rire au bord d'un précipice, et que quand on rit c'est parfois juste parce qu'on est tout près de pleurer, allez, je vais la déchirer cette gentille photo, je vais la balancer à la poubelle avec les autres, j'ai trois ans, je n'ai probablement pas vu mon père et ma grand-mère depuis des mois, je suis loin de Paris, loin de mes amis, loin de l'école, loin de tout, loin de maman elle-même qui me regarde d'un œil vide, un œil de statue, c'est ça qui me trouble sur cette photo, c'est ça que je ne supporte pas, c'est pour ça que je vais la bazarder.

Et puis, soudain, je comprends. La peluche. La peluche ! Ce n'est pas le visage de maman qui me met mal à l'aise, ni mon air ravi, c'est la peluche elle-même. Et, dans la peluche, ces yeux de défi qui, tout à coup, me narguent. Je photographie la photo. Je la charge sur mon Mac. Les mains tremblantes, les joues en feu, je la zoome, je la dézoome, je cadre les yeux, l'un après l'autre, les deux ensemble. Et, soudain, c'est comme une digue qui cède, un flot qui s'engouffre et tout revient.

Je vois Sophia et maman avec une petite paire de ciseaux. Je me revois poussant des cris, mon nounours, mon nounours, pourquoi vous faites du mal à mon nounours. Je les vois rire, mais d'un rire méchant qui n'est pas leur rire de d'habitude. Je vois l'enfant malaisien inconnu qui découd les deux yeux, remplit leurs trous avec une poudre qui ressemble à du sable. Je vois Sophia et maman immobiles, concentrées, qui regardent tellement l'enfant s'affairer qu'elles ne s'aperçoivent pas que je pleure. Et puis l'enfant malaisien recoud les yeux, il va vite, il est habile, il ressemble à ces enfants esclaves qu'on voit dans les reportages d'aujourd'hui travailler dans les ateliers de la sueur du Bangladesh, mon nounours a retrouvé ses yeux, ça va mieux, je sèche mes larmes, c'est à cet instant que la photo a dû être prise. L'enfant malaisien nous dit au revoir. On monte, Sophia, maman, LapetiteLouise et LagrandeLouise, dans un taxi qui sent bizarre, c'est drôle comme tout, absolument tout, même les odeurs, me revient maintenant en rafale, et cap sur l'aéroport de Kuala Lumpur. C'est vous l'hôtesse pour les enfants non accompagnés ? Prenez bien soin de ces fillettes, c'est la première fois qu'elles prennent l'avion seules, heureusement elles ont leur doudou, pardon leur nounours, chacune le sien, combien de temps dure le vol ? Treize heures ? Ouh là là, il ne faut à aucun prix qu'elles s'en séparent, surtout la petite, elle est très capricieuse, gentille mais capricieuse, elle pleurerait toute la nuit, faites très attention au nounours.

C'est fini. C'est comme une bobine de film qui arrive au bout et fait scratch. Je n'entends pas mon propre cri. Je tombe dans les pommes. C'est Pablo qui, en rentrant du théâtre, me trouvera, sur le carrelage de la cuisine, inconsciente, service des urgences, non, non, rien de grave, sans doute une crise d'hypoglycémie, il faut juste qu'elle parte se reposer. Je sais qu'il y a eu d'autres nounours. Papa en a dénombré au moins quatre, autant que d'allers-retours entre la France et la Malaisie, soi-disant parce qu'on devait quand même, de temps en temps, et tandis que nos mères restaient là-bas, voir nos papas. Et c'est lui qui, quand il a compris, a failli tomber en dépression.

20

Je me suis réconciliée avec maman. La brouille, il est vrai, n'a pas duré longtemps. C'était le jour de la fête des Mères. C'était le premier jour, aussi, où Angèle m'a appelée maman. Ce n'est pas encore ma fête, je me suis dit. C'est sa fête à elle, ma mère, ma petite maman chérie à qui j'en voulais tellement, d'abord d'être morte et de louper sa propre fête, comment pouvait-elle me faire ça, rater cet événement public, national, et puis, surtout, de cette histoire de nounours que je remâchais dans tous les sens et à laquelle, pour une fois, je n'arrivais pas à trouver d'excuse.

Mais Pablo qui a toujours les bons réflexes a pris, ce jour-là, les choses en main, allez viens, on y va, tu vas pas rester fixée là-dessus jusqu'au réveillon, c'est de l'histoire ancienne, c'est aussi la pièce du puzzle qui te manquait, tout est plus clair maintenant, tu devrais être contente, et nous voilà filant sur son scooter, Pablo roulant doucement, pas me secouer trop, un jour il est tombé sur une vieille coupure de presse qui titrait à propos de mon premier roman : ne le secouez pas car il est plein de larmes, et ça l'a fait hurler de rire, alors de temps en temps il me pique avec cette phrase pour m'énerver un peu, m'emmener plus haut que le chagrin, avec lui, du côté du rire, quand on peut rire de soi on est sauvé, c'est ça qu'il répète toujours, et là, ce jour-là, qui est le jour de la fête des Mères et celui où j'ai, aussi, décidé de tout pardonner une fois pour toutes à maman, il le chante carrément à tue-tête, tout en conduisant son scooter, ne la secouez pas car elle est pleine de larmes, ne nous secouez pas car on est pleins de larmes.

On arrive au joli cimetière de Montmartre, une heure à tourner pour trouver la tombe, une demi-heure à rester devant, debout, mains dans le dos, comme des cons, essayant de faire le vide et de penser à maman paisible, essayant de me concentrer pour ne plus penser à la scène des nounours ni à aucune des scènes de maman perdue ou déchue ou possédée, du coup je ne ressens pas grand-chose, ou alors une envie de partir, de m'enfuir, d'aller rejoindre ma fille, d'aller au café, au bureau, au cinéma, là où sont les vivants qui ne sont pas trop hantés par les morts, zut les fleurs, on dit en même temps, on n'a pas acheté de fleurs, mais quelle importance, à quoi ça sert, à la limite un pack de bière, mais des fleurs franchement, qu'est-ce qu'elle ferait de fleurs ? Je me tourne vers Pablo, il a les yeux embués de larmes, je me rends compte que je pleure aussi, mais à peine, trois fois rien, est-ce que c'est par tristesse, par contagion ou par automatisme ? Je m'accroupis, je me dis que peut-être une prière ce serait bien, penser à une prière, mais je ne crois pas en Dieu, je ne crois qu'en Pablo, et en Angèle, et en papa, et en cette nouvelle petite vie à l'intérieur de moi que je sens pressée de sortir, de grandir, une chanson, alors ? ah oui, une chanson c'est mieux, ça lui aurait fait plus plaisir, mais je vais effrayer Pablo si je me mets à chanter, allez on s'en va, dit Pablo, comme si ce qu'il y avait à faire avait été fait, mais quoi ? qu'est-ce qu'on a fait ? je chante quand même, ça vient tout seul, *J'ai la mémoire qui flanche*, l'une des chansons préférées de maman, c'est plus tard, sur le scooter, que les vraies larmes viendront, des picotements dans la gorge et dans le nez, puis d'énormes sanglots ridicules que je suis contente que le casque étouffe, est-ce d'ailleurs le chagrin qui arrive ou le chagrin qui s'en va ? Je sens que quelque chose en moi a changé, s'est dégelé, maman est morte, elle est vraiment morte, avant c'était comme si elle pouvait encore revenir, comme si c'était une possibilité de la voir débouler tout à coup et s'expliquer, comme si elle était morte, oui, mais n'allait pas le rester très longtemps car elle avait encore des choses à me dire, des secrets à me révéler, elle allait démourir et lever les derniers voiles, mais là, sur le scooter, je comprends que c'est fini, vraiment fini, je peux cesser de lui en vouloir, cesser d'être fâchée et de l'attendre, maman est morte, maman n'existe plus, maman m'a tout dit et je suis, moi, maman, et dans quelques mois doublement, avec la redoutable tâche, maintenant que je sais tout, de casser l'éternel retour du malheur. Pablo roule en silence. Il ne rit plus. Il ne pleure plus. Je me tiens bien fort à lui. C'est solide, un garçon.

Du même auteur :

Le Rendez-Vous, roman, Plon, 1995

Rien de grave, roman, Stock, 2004

Mauvaise Fille, roman, Stock, 2009

PAPIER À BASE DE FIBRES CERTIFIÉES

Le Livre de Poche s'engage pour l'environnement en réduisant l'empreinte carbone de ses livres. Celle de cet exemplaire est de :
250 g éq. CO_2
Rendez-vous sur www.livredepoche-durable.fr

Composition réalisée par MAURY-IMPRIMEUR

Imprimé en France par CPI
en novembre 2015
N° d'impression : 3014289
Dépôt légal 1re publication : janvier 2016
LIBRAIRIE GÉNÉRALE FRANÇAISE
31, rue de Fleurus - 75278 Paris Cedex 06

59/2236/8